Chantal BERNATI

Après *toi*..

© 2015 Chantal BERNATI

Edition : BoD - Books on Demand
12/14 rond-point des Champs Elysées
75008 Paris
Imprimé par BoD - Books on Demand, Norderstedt
ISBM : 9782322010059
Dépôt legal : Mai 2015

Toute représentation ou reproduction intégrale ou partielle faite sans le consentement de l'auteur ou de ses ayants droit ou ayants cause est illicite.

Chantal Bernati est née en 1966, elle est animatrice pour enfants et publie depuis 2014.

Du même auteur,
Chez BOD :

- Une adolescence volée
- Comme une ombre au fond de ses yeux
- Sur le chemin de mon père
- Un cœur en hiver
- Une vie...
- Partir avant de vous oublier

À mes parents,

À mes enfants,

Céline, Émilie, Guillaume, Nicolas et Lilou.

À mes petits-enfants, Kelyah, Neymar et ... Sohan, venu agrandir la famille ce jour.

Vous êtes mes rayons de soleil…

« Sur les ailes du temps,

La tristesse s'envole ;

Le temps ramène les plaisirs… »

Jean de La Fontaine

« Il y a toujours, puisque je le dis,

Puisque je l'affirme,

Au bout du chagrin, une fenêtre ouverte... »

Paul Eluard

Personnages de « Après toi »

Pierre, veuf de Valérie, père de :
   - Lisa, mariée à Anthony, mère des jumelles Mathilde et Louise
   - Manon, mère de Lola
   - Jérémy, marié à Laura, père de Sébastien

Les amis :
Célia, veuve de Christophe, mère de :
   - Julie, mariée à Damien, mère de Yanis

Serge et Véronique

Sylvain et Laurence

Chapitre 1

Trois semaines se sont écoulées depuis le décès de Valérie. Il y avait eu les obsèques ; Sylvain et Célia avaient dû soutenir Pierre qui s'était effondré, les enfants de ce dernier avaient été également très affligés. Jérémy sanglotait à ne plus pouvoir s'arrêter et tous ressentait avec une grande émotion le chagrin qui habitait cette église de Saint-Paul ce triste jour. Beaucoup de larmes avaient coulé sur les visages. Valérie était très appréciée, tant en factrice qu'en tant que personne, et tous avaient été stupéfaits d'apprendre et le suicide et la maladie de Valérie.

Après la cérémonie, il avait fallu recevoir tous les proches comme le voulait la bienséance. Manon s'était occupée de tout, son père n'ayant plus la force ni le goût de rien. Cette journée avait été une épreuve terrible pour Pierre. Enfin, il s'était retrouvé seul. Il n'avait voulu que ni ses enfants ni ses amis ne restent. Ce qu'il désirait, c'était se retrouver seul avec ses souvenirs.

*

Pierre ne se remet pas de la disparition de Valérie. Il traine chez lui, sans envie et sans courage. Ses amis sont passés le voir, mais c'est à peine s'il leur a répondu. Il était comme absent, aussi ont-ils bien compris qu'il n'avait envie que de solitude. Célia lui téléphone tous les soirs pour essayer de maintenir un semblant de contact. Elle voudrait lui dire comme Val lui manque à elle aussi, mais qu'un jour viendra où, ensemble ils parleront de Valérie sans que les larmes viennent. Mais à quoi bon, il ne la croirait pas. Bien sûr, Célia ne lui parlera pas de ces soirées si longues, si pleines de solitudes qu'on voudrait mourir. Elle le sait elle, comme à chaque odeur, chaque image, chaque paysage un souvenir reviendra le hanter, mais cela, Célia y gardera pour elle. Elle préférera mentir, lui dire qu'il va s'habituer à vivre seul, que la vie reprend toujours ses droits et qu'un jour de nouveau, il sera heureux. Mais plus rien ne semble faire réagir Pierre. Il n'a pas revu ses enfants, refuse leur invitation, laisse son potager à l'abandon. Il passe son temps à ressasser les derniers mois avec Valérie, il s'en veut de son manque de patience. Pierre aurait aimé revenir en arrière et pouvoir donner à sa femme tout l'amour qu'il a pour elle. Il se remémore lorsque cette dernière lui disait « J'ai peur qu'un jour tout ce bonheur finisse ». Savait-elle déjà qu'elle était atteinte de la maladie d'Alzheimer ou était-ce simplement un mauvais pressentiment ? Il se pose mille questions qui restent sans réponse.

Pierre ne se fait pas à l'idée que plus jamais il ne verra sa femme ni n'entendra son rire. Il est tellement malheureux qu'il se demande s'il va avoir la force de survivre au suicide de son épouse. Il a perdu l'appétit, ne se rase plus et végète chez lui, accablé.

Tout à ses pensées, Pierre fume lorsque retentit la sonnette. Il se lève péniblement, en soupirant, et va ouvrir. Célia se trouve sur le seuil, les bras chargés de victuailles. Elle est choquée de l'apparence de son ami, mais ne laisse rien paraître de ses émotions.

- Bonsoir, mon Pierrot, je suis venue te préparer à manger…

- C'est gentil, mais ne te donne pas cette peine, je n'ai pas faim.

- Écoute, tu as vraiment maigri, il faut que tu manges, dit son amie, en entrant. Mon Dieu, comme ça sent le tabac chez toi ! Tu ne fumes donc plus dehors ?

- A quoi bon…

- Je peux ouvrir pour aérer ?

- Fais comme tu veux, je m'en fous, dit Pierre, retournant sur le canapé.

Célia ouvre les fenêtres, il fait encore doux en cette fin août. Elle se dirige à la cuisine pour préparer le repas. Elle épluche les légumes, les met dans un plat autour d'un poulet et enfourne le tout au four. Puis elle va s'asseoir près de son ami qui est resté silencieux.

- Mon Pierrot, je sais que c'est dur, mais il faut te ressaisir. Es-tu allé voir le médecin ?

- Oui.

- Et ?

- Il m'a mis sous antidépresseurs…

- Et tu les prends ?

- Non.

- Pierrot, tu attends quoi au juste ?

- Rien. Je n'attends plus rien. Ma femme est morte, tu te rappelles ! répond-il sur un ton agressif.

- Calme-toi, mon Pierrot, je suis là pour t'aider. Tu dois te ressaisir, tes enfants ont besoin de toi. Eux ont perdu leur mère…

- Je sais, mais c'est au-dessus de mes forces. Ça faisait trente ans qu'elle était auprès de moi, comment veux-tu que je survive sans elle !

Et Pierre s'écroule en pleurant.

Célia le berce comme un enfant.

- Pleure, mon Pierrot, pleure, mais je t'en prie, ne te laisse pas aller. Rappelle-toi, quand Christophe s'est tué, tu m'as fait réagir et je vais faire pareil. Moi aussi, je ne

voulais plus voir personne, mais tu as su forcer ma porte…
Et Célia parle encore longtemps, jusqu'à ce qu'il soit calmé.

- Viens, on va manger, ça doit être cuit maintenant, lui dit-elle.
- Je n'ai pas très faim, tu sais.
- Oui, je sais, mais comme tu es bien élevé, tu vas goûter ce que j'ai préparé.

Pierre se lève, va se laver les mains tandis que son amie prépare deux couverts. Ils passent à table et Célia recommence à parler.

- Pierrot, va chercher tes antidépresseurs, tu ne t'en sortiras pas sans !
- Ok, je vais les prendre, mais c'est uniquement pour que tu me laisses tranquille avec ça, soupire-t-il.

- Tu as des nouvelles de Jérémy ?

- Non, mais lui, il a Laura, il n'est pas tout seul.

- Bien sûr, mais il a perdu sa mère et tu sais comme il l'adorait.

- Je sais, mais que veux-tu que je lui apporte ? Je n'ai même plus la force de m'occuper de moi…

- Tu vas commencer par prendre le médicament que le médecin t'a prescrit, puis tu vas aller voir tes amis, tes enfants, tes petits-enfants. Ne reste pas enfermé, Valérie n'aurait pas voulu ça.

- Je sais. Tu as raison, je vais essayer.

- On se fume un peu d'herbe ? propose Célia.

- Non, Célia, tu sais que je ne veux pas toucher à ça, je vais t'accompagner avec une cigarette.

Ils s'installent sur la terrasse et ils fument en silence. Célia ne sait si elle doit interrompre les pensées de Pierre. Finalement c'est lui qui parle, comme s'il pensait à voix haute.

- Qu'est-ce qu'on a pu en passer des soirées, ici, avec Val… Dieu, que l'on était heureux.

- Oui. Tu sais, à moi aussi, elle me manque.

À nouveau, un silence s'installe.

- Au fait, mon Pierrot, dit Célia pour changer de sujet, j'aurais bien aimé inviter les amis, dimanche, pendant qu'il fait encore beau. Tu viendrais m'aider à faire le barbecue ?

- Je ne sais pas trop…

- Allez, s'il te plait, sinon je ne le fais pas.

- C'est du chantage, que tu me fais-là, miss.

- Oui, un peu, répond-elle en souriant.

- Ok, je viendrai.

- Merci, tu es gentil.

La soirée se déroule tranquillement puis Célia décrète qu'il est temps qu'elle rentre, que le lendemain, elle travaille.

- Merci, lui dit Pierre, le repas était très bon, mais j'ai été de bien piètre compagnie.

- Ne dis pas de bêtises, je suis toujours bien avec toi... Bonne nuit, mon Pierrot, et prends bien soin de toi.

- Oui, bonne nuit, miss.

Il referme la porte derrière son amie, passe à la salle de bain et va se coucher. Pierre s'allonge à la place de Valérie, il enfouit son visage dans son oreiller.

« Ma puce, tu me manques tant, pourquoi m'as-tu laissé ? Dis-moi, comment vais-je m'en sortir sans toi ? » et il sanglote jusqu'à s'endormir, épuisé.

Célia rentre chez elle, soulagée d'avoir convaincu Pierre de prendre ses médicaments et de venir dimanche. Son isolement n'est pas bon ; se retrouver avec ses amis lui fera le plus grand bien. Comme elle a de la peine de le voir si malheureux, mais elle le comprend tellement, elle qui a perdu son mari très jeune.

Le lendemain, elle appelle ses amis pour les convier le dimanche suivant. Ils acceptent tous avec joie, ravis de savoir que Pierre se joindra à eux.

Chapitre 2

Jérémy n'est guère dans un meilleur état que son père. Il souffre tant malgré le soutien de sa femme et la présence de son fils, Sébastien. Son médecin l'a mis en arrêt de travail et lui a donné, à lui aussi, des antidépresseurs. Le jeune homme n'avait jamais pensé à la mort de sa mère, et d'y être confronté subitement, lui est insurmontable.

Ses pensées remontent sans cesse le temps. Jérémy se remémore les cinquante ans de sa mère ; ils avaient dansé un slow, elle lui avait confié combien elle avait souffert de son départ. Il lui semble que s'il fermait ses yeux, il saurait entendre encore la musique qui a accompagné ce doux moment, qu'il pourrait à nouveau sentir le parfum fruité de sa mère. Que ne donnerait-il pas pour pouvoir passer encore un peu de temps avec elle. Il fume beaucoup et a pris pour habitude de boire un verre ou deux le soir, afin de trouver le sommeil. Laura s'inquiète pour son mari, elle a téléphoné à son beau-père pour lui demander de passer voir Jérémy, que ce dernier a besoin du soutien de son père. Pierre lui a répondu qu'il ne peut rien pour son fils, lui-même n'a plus le goût de vivre. Elle a eu beau insister, lui dire que ça leur ferait du bien à tous les deux, le grand-père de Sébastien n'a su que répondre, « je suis désolé, je suis désolé. » Comme une litanie et rien n'y a fait. La jeune femme a également appelé ses belles-sœurs, elles ont bien dit qu'elles passeraient, mais Laura désespère, personne n'est encore venu. Ses pensées sont interrompues par la sonnerie de la porte d'entrée. C'est Manon ; Laura est soulagée de la voir. Après avoir embrassé sa belle-sœur et son neveu, la sœur de Jérémy lui demande où est son frère.

- Il passe son temps dans son bureau à regarder des photos et à boire du whisky.

Manon soupire :

- J'y vais.

Elle frappe doucement et entre dans la pièce. Jérémy est en train de visionner des photos du dernier Noël chez leurs parents sur son ordinateur.

- Salut frérot.

- Bonsoir… Regarde… comme nous étions heureux. Et nous ne le savions pas… Plus jamais nous ne serons tous réunis…

- Oui, je sais, mais tu te fais du mal à regarder ces souvenirs…

- Je sais, mais je ne peux pas m'en empêcher, je n'arrive pas me faire à l'idée que je ne verrai plus Maman, j'ai encore tellement besoin d'elle ! sanglote-t-il.

- Écoute, Jérémy, on est tous malheureux, mais tu dois te ressaisir. Tu as une femme, un bébé, ils ont besoin de toi, tu te dois de réagir ! Allez, calme-toi et viens avec nous au salon.

- Va, je te rejoins, murmure-t-il en s'essuyant les yeux d'un revers de la main.

Le jeune homme s'installe sur le canapé près de Laura et propose un apéritif que les deux femmes acceptent. Puis il leur en propose un deuxième qu'elles refusent, mais lui s'en ressert un autre, puis un troisième. Sa sœur lui fait remarquer qu'il boit un peu trop.

- Je fais encore ce que je veux chez moi !

- Manon a raison, chéri, tu bois trop, lui dit sa femme.

- Écoute, j'en ai besoin, alors foutez-moi la paix !

- Arrête, ce n'est pas une solution, tu ne vas pas sombrer dans l'alcool quand même ! rétorqua sa sœur.

- Je suis malheureux, tu comprends ça ?

- Mais que crois-tu ? Que je ne suis pas malheureuse, moi ? Mais, enfin, on ne va pas tous se mettre à boire parce que Maman est morte !

- Je t'interdis de dire ça ! Maman ne sera jamais morte pour moi !

- Bon sang, mais arrête, Jérémy ! Bien sûr que l'on ne va jamais l'oublier, mais elle est morte ! Morte ! Tu assimiles ? hurle Manon.

- Mais arrêtez, les coupe Laura, vous n'allez pas vous disputer et vous allez réveiller Sébastien.

- Vous ne comprenez rien ! réplique Jérémy, en retournant se réfugier dans son bureau.

- Je suis désolée, dit Manon, mais je ne sais plus quoi lui dire, il n'écoute rien.

- Je sais, moi non plus je ne sais plus comment le prendre. Merci d'avoir essayé. Ton père refuse de passer nous voir, il est aussi malheureux que son fils.

- J'irai lui rendre visite et j'essayerai de le convaincre de passer voir Jérémy, mais je ne te promets rien. Allez courage, Laura et tiens-moi au courant.

- Merci, à bientôt.

Manon rentre à son appartement. Elle se fait du souci pour son frère et son père.

- Pourquoi nous avoir laissé, Maman, regarde ce qu'est devenue notre famille, nous étions tellement peu préparés à ton départ. murmure-t-elle.

Le dimanche matin, Pierre est réveillé par les rayons du soleil qui se faufilent au travers des persiennes. Ses antidépresseurs commencent à lui faire de l'effet et il se sent un peu mieux. Il décide de se raser en vue de l'invitation de Célia. Quand il a fini, il regarde son visage amaigri dans le miroir.

« Vois ce que ton départ a fait de moi, ma puce : j'ai vieilli, maigri et je n'ai plus goût à rien. Je t'en veux, tu sais, de ne m'avoir rien dit, j'aurais pu t'aider et même avec ta maladie, on s'en serait sorti, je t'aimais tellement ».

Des larmes perlent aux coins de ses yeux.

- Mon Dieu, aide-moi à vivre sans elle, prie-t-il, aie pitié de moi, je souffre tant. Tu nous as unis pendant trente années, nous étions heureux, pourquoi nous avoir séparé maintenant ?

Pierre se secoue et s'en va chez Célia. Elle l'accueille avec un grand sourire :

- Mon Pierrot, je suis si contente que tu sois venu.
- Je t'avais promis…
- Tu es tout beau, tout rasé…
- Tout vieilli, tout amaigri, la coupe-t-il.
- Ne dis pas ça, tu es toujours très séduisant…

Pierre l'interrompt :

- Je prendrais bien un café, s'il te plait.

Ils s'installent sur le canapé et le dégustent en parlant de choses et d'autres. Puis ils vont préparer le barbecue. Leurs amis arrivent et Pierre ne sait comment se comporter, il lui semble être amputé d'un membre tant Valérie lui manque.

- Hello, le prof, le salue Sylvain.
- Bonjour…
- Nous sommes tous contents de te voir, tu sais.
- Merci, mais c'est dur pour moi, lui répond Pierre, les larmes aux yeux.
- Je sais, mais détends-toi, nous sommes entre amis. Tu laisses deux minutes ton barbecue et tu viens boire un verre ?
- Oui, allons-y.

Les deux hommes rejoignent leurs amis et commencent à prendre l'apéritif. Tout le monde parle, mis à part Pierre qui reste silencieux ; il pense au dernier barbecue où il s'est rendu avec sa femme. Il se rappelle surtout qu'il avait trop bu, qu'il avait craqué et avait dit qu'il vivait un enfer avec Valérie à cause de ses pertes de mémoire. Les larmes, à nouveau lui montent aux yeux, il s'excuse et part se réfugier dans la salle de bain. Là, il laisse libre cours à son chagrin. Il pleure, pleure, il s'en veut tellement. Pierre aurait tout donné pour remonter le temps et effacer cette maudite phrase d'un coup de gomme. Mais il doit vivre avec ses remords.

Serge, constatant que son ami ne revient pas, décide d'aller voir ce qui se passe. Quand il entre dans la maison, il entend des sanglots du côté de la salle de bain. Il frappe doucement et pousse la porte ; de le surprendre, ainsi, assis sur le bord de la baignoire, le visage dans les mains, sanglotant, le bouleverse. Il s'approche :

- Viens, ne reste pas tout seul, viens avec nous, ça va aller.

- Serge, je m'en veux tellement, tout ce que j'ai dit sur Val au dernier barbecue, Mon Dieu, jamais je ne me le pardonnerai !

- Arrête, tu te fais du mal, sors-toi ça de la tête ; Val t'avait pardonné, elle savait que tu avais bu et qu'elle n'était pas très facile les derniers temps…

- Comment vais-je vivre sans elle, Serge, comment ?

- On est là, on va t'aider… Allez, passe-toi un peu d'eau sur le visage et rejoins-nous.

- Vas-y, j'arrive.

Serge retourne près des autres et leur explique brièvement ce qui s'est passé.

Quand Pierre les rejoint, ses amis lui parlent musique, sport, sujets légers, afin de le divertir. Puis Célia va chercher la viande pour la mettre à cuire sur le barbecue, Pierre la rejoint :

- Laisse, je vais m'en occuper. Ça me fera du bien de m'activer.

- Tu n'es pas très à l'aise, hein, mon Pierrot ?

- Non, ce n'est pas facile pour moi d'être au milieu de vous, sans ma femme.

- Je sais, c'était pareil pour moi quand Christophe s'est tué, mais tu verras, ça passera.

- Ça passera quand ?

- Je ne sais pas, ça se fait petit à petit…

- Je ne vais pas y arriver, Célia. La solitude va me tuer…

- Mais non, on s'habitue quand on n'a pas le choix.

- Célia, j'ai si mal…

- Je sais, mon Pierrot, je sais...

Pierre respire un grand coup et il ajoute :

- Je ne suis pas d'une compagnie bien gaie…

- Ne t'inquiète pas, tu es parmi nous, et nous en sommes heureux.

La viande est vite cuite et le groupe d'amis passe à table. Laurence a préparé une salade de pommes de terre et Véro une quiche. Ils se régalent et même Pierre mange avec appétit.

Le téléphone de ce dernier sonne :

- Allo ?

- Coucou Papa, c'est Manon.

- Bonjour, ma fille. Comment vas-tu ?

- Je fais aller, il faut bien. Dis-moi, es-tu chez toi, cet après-midi ?

- Non, je suis chez Célia avec les copains.

- Je voulais passer te voir, Lola réclame son grand-père.

- Viens vers dix-sept heures, je serai rentré.

- D'accord, à tout à l'heure, Papa. Bisous.

- Je t'embrasse, Manon.

Pierre raccroche. Célia amène les desserts puis l'après-midi se passe tranquillement. À seize heures trente, il prend congé de ses amis, remercie l'hôtesse et rentre chez lui.

Sa fille arrive à dix-sept heures avec la petite Lola qui saute dans les bras de son grand-père.

- Papy ! Je suis trop contente de te voir !

- Moi aussi, ma puce, tu m'as manqué…

- A moi aussi, mais Maman a dit que tu étais triste que Mamie soit au ciel et que tu ne voulais voir personne.

- C'est vrai, je suis malheureux sans Mamie…

- Il ne faut pas, Papy, tu sais, la dernière fois que je l'ai vue, Mamie, elle m'a offert un mouton. Elle a dit que c'était pour quand elle ne serait plus là. Si je suis triste, ben je dois faire un câlin à ma peluche. C'est comme si c'était elle parce que c'est son animal préféré. Si tu es triste, Papy, je te le prête.

Pierre sent les larmes lui monter aux yeux.

- Tu es un amour, ma petite Lola, lui dit-il en la serrant dans ses bras et il éclate en sanglots.

- Ne pleure pas, Papy. Mamie elle a dit qu'elle veillerait sur nous, même si elle n'est plus là.

- Oh, ma puce ! et il sanglote de plus belle.

- Papa, calme-toi ! Je t'en prie, reprends-toi, fais un effort pour Lola, lui murmure Manon.

Pierre se ressaisit comme il peut.

- Va, ma puce, va chercher un gâteau, lui dit-il.

Lola court dans la maison, sachant très bien où la boite à biscuits est rangée.

Sa mère en profite pour parler avec Pierre :

- Écoute, Papa, il faut vraiment prendre sur toi pour cacher ton chagrin à Lola. Je lui ai expliqué comme j'ai pu pour qu'elle ne soit pas trop malheureuse, mais si elle te voit pleurer, elle ne comprendra plus rien.

- Oui, pardonne-moi. Mais te rends-tu compte que ta mère avait même prévu une petite peluche pour que Lola ne soit pas triste. Comme ça a dû être dur pour elle ! Elle a organisé une dernière journée avec ses amis puis avec sa famille. Savoir que c'était la dernière fois qu'elle voyait les personnes qu'elle aimait et ne rien dire, faire comme si tout était normal. Quelle leçon de courage elle nous a donnée.

- Oui, je sais, Papa. C'est pour ça que tu dois te battre pour vivre même si elle n'est plus là. Allez, viens, on va voir Lola…

Ils rejoignent la petite fille dans la maison.

- Papy, c'est le bazar dans ta maison, tu ne fais pas le ménage ?

- Je n'ai pas eu le temps, mais je vais m'y mettre…

- Mamie, elle ne serait pas contente que sa maison soit comme ça !

- Tu as raison, ma puce, la prochaine fois que tu viendras, tout sera propre et rangé.

- C'est bien, Mamie sera contente et moi aussi.

Pierre n'en peut plus. Sa petite-fille lui parle de Valérie comme si elle est encore là et il a beaucoup de mal à retenir ses larmes.

- Lola, va faire de la balançoire, je dois parler à papy.

La petite court au jardin, trop contente d'avoir un peu de liberté.

- Papa, je suis passée voir Jérémy, il va très mal. Il boit de plus en plus, tu dois aller le voir.

- Je sais, mais que veux-tu que je lui dise, je suis tellement malheureux, moi-même. Lui, il a Laura…

- Laura n'en peut plus, Jérémy est infernal ! J'ai essayé de lui parler, mais il ne veut rien entendre.

- Si toi, il ne t'écoute pas, il ne m'écoutera pas mieux…

- Papa, ça suffit ! C'est ton fils ! Alors tu vas aller le voir et pas plus tard que demain ! Je commence à en avoir assez de vous deux ! Moi aussi, je suis triste, mais je prends sur moi, car j'ai une fille à m'occuper !

- Calme-toi, ma chérie, j'irai demain, promis.

- Merci, Papa, dit-elle plus doucement.

Ils discutent un moment puis Manon appelle sa fille et après de gros bisous, elles s'en vont. Pierre est bouleversé de la façon dont Lola lui a parlé. Il a besoin de se confier à quelqu'un et tout naturellement, il téléphone à Célia.

- Allo ?
- Hello, miss, c'est Pierre.
- Oui, mon Pierrot, qu'y a-t-il ?
- Je te dérange ?
- Mais pas du tout. Dis-moi ce qui te tracasse.

Pierre lui rapporte les propos de sa petite-fille, puis ceux de sa fille.

- Val a su faire en sorte que la petite ne soit pas trop triste, c'est bien, même si je comprends que ça a dû être dur pour toi. Quant à ta fille, elle a perdu sa mère et avoir à gérer Lola, son frère et son père, ça fait beaucoup !

- Oui, je sais bien, j'irai voir Jérémy demain, mais je ne te cache pas que j'appréhende. Sais-tu que Valérie m'a fait promettre de ne jamais me fâcher avec lui ?

- Non, je ne le savais pas. Quand t'a-t-elle demandé ça ?

- La veille de son décès…

- Mon Dieu, on peut dire qu'elle n'a rien laissé au hasard. Tu veux que je passe te voir, mon Pierrot ?

- Non, c'est gentil, j'avais juste besoin de parler un peu. Je vais aller me coucher, cette journée m'a épuisé.

- Dors bien, bisous.

- Merci, miss. Je t'embrasse.

Le lendemain matin, Pierre attaque la journée par un grand nettoyage. Sa petite-fille a raison ; Valérie n'aurait pas aimé qu'il laisse la maison dans cet état, elle, qui prenait tant soin de son intérieur. Puis il va s'occuper de son jardin et tout de suite il ressent l'apaisement que lui procurait, jadis, son potager. Tout en s'acharnant sur les mauvaises herbes, il décide d'essayer de vivre au mieux, comme Val l'aurait voulu. Lola a raison du haut de ses quatre ans, sa femme veille sur eux et il va réagir pour elle. Il ne faut pas qu'il se laisse envahir par le chagrin, Valérie a fait un choix qu'il doit accepter.

À midi, il déjeune sur le pouce et va voir son fils. Il frappe à la porte, sa belle-fille lui ouvre :

- Pierre ! Comme je suis contente de vous voir !

- Bonjour, Laura. Je suis désolé de ne passer que maintenant…

- L'essentiel, c'est que vous soyez là. Entrez, installez-vous. Je vous fais un café ?

- Oui, je veux bien. Jérémy est là ?

- Je vais le chercher, il est dans son bureau.

- Si ça ne t'ennuie pas Laura, je vais aller lui parler seul à seul, ça sera plus facile pour lui et moi.

- Oui, vous avez sans doute raison. Je vais préparer le café.

Pierre se dirige vers le bureau, frappe et entre.

- Bonjour, mon fils.

- Bonjour, Papa.

Voyant que Jérémy regarde un album photo, Pierre lui dit :

- On a été heureux, tous, n'est-ce pas ?

- Oui. Maman a été la meilleure des mères…

- C'est vrai. Et elle a toujours eu un petit faible pour toi, elle voulait tellement un garçon. Tu lui as donné beaucoup de bonheur, tu étais un petit bonhomme si sage…

Jérémy éclate en sanglots et se jette dans les bras de son père.

- Papa !

- Je sais, mon petit, je sais, à moi aussi, elle me manque énormément.

Et ils pleurent cette femme qui a tant compté pour eux, mais qui les a abandonnés. Pierre se ressaisit le premier :

- Il faut vivre, Jérémy, Maman n'aurait pas voulu que tu te laisses aller. Tu as la chance d'avoir une femme merveilleuse et un beau petit garçon. Tu dois te battre pour eux, maintenant. Lola m'a dit hier « Ne pleure pas Papy, Mamie veille sur nous. » Et elle a raison, cette petite, tu ne crois pas ?

- Oui, mais c'est si dur !

- Je sais, j'ai partagé trente ans de ma vie avec ta mère et me retrouver seul si soudainement, je t'assure que c'est invivable. Mais pour elle, pour vous, mes enfants et pour mes petits-enfants, je vais essayer de faire au mieux, comme elle l'aurait voulu.

- Je te promets de me ressaisir, Papa.

- C'est bien, mon garçon, Maman serait fière de toi. Viens, ta femme a dû nous préparer le café.

Les deux hommes rejoignent Laura au salon.

Tous les trois discutent un bon moment puis Pierre demande à voir son petit-fils qu'il n'a pas vu depuis plusieurs semaines.

- Il dort encore, c'est l'heure de la sieste…

- Ce n'est pas grave, je repasserai dans la semaine pour voir Sébastien. Allez, je vous laisse, il faut que j'aille faire des courses.

Chapitre 3

Le jour de la rentrée scolaire, Pierre est présent au lycée Lamartine. Son médecin, le jugeant encore trop fragile, a voulu lui faire un arrêt de travail, mais le professeur a refusé. Il veut essayer de vivre normalement et il préfère retourner enseigner. Il a besoin de s'occuper l'esprit.

La journée a été longue et beaucoup plus éprouvante que ce qu'il a imaginé, certaines personnes sont encore venues lui présenter leurs condoléances et Pierre a eu du mal à retenir ses larmes.

À la sortie des cours, Sylvain, lui propose de passer boire un verre chez lui. Il a besoin de parler à son ami.

Ils s'installent devant une bière.

- Écoute-moi, le prof, tu sais que rien ne me tracasse jamais vraiment, que je suis d'une nature cool.

- Oui, mais qu'est-ce qui t'arrive, tu as l'air mal à l'aise.

- Ce n'est pas facile à dire. Ne m'interromps pas, s'il te plait. Voilà : le jour où Val s'est suicidée, nous étions ensemble en montagne, c'est une sortie que je t'avais proposée et je me sens coupable. Rien ne serait arrivé si je ne t'avais pas demandé de m'accompagner.

- Ne culpabilise pas Sylvain, rappelle-toi, c'est Valérie qui t'a demandé de m'emmener. Elle avait tout prévu, tu n'aurais pas pu te libérer, elle aurait demandé à quelqu'un d'autre. Tout était décidé dans sa tête. Elle avait organisé les cinq derniers jours de sa vie et personne n'aurait rien pu y changer.

- Oui, c'est vrai ; mais c'est quand même lourd à porter…

- Allez, Sylvain, oublie ça. Si j'en veux à quelqu'un, c'est à moi, je n'ai pas voulu voir sa maladie.

Laurence arrive, interrompant leur discussion.

- Salut, Pierre, je suis contente de te voir. Tu dînes avec nous ce soir ?

- Non, c'est gentil, mais j'ai besoin de me retrouver un peu chez moi, après cette première journée d'école. Je suis éreinté.

Une fois à la maison, Pierre prend une douche, grignote un bout de pain avec du fromage, puis s'allonge sur le canapé. Et il parle à Valérie, comme si elle était présente. Il a pris l'habitude de lui raconter sa journée, ainsi, il se sent moins seul. Il sait que c'est idiot, mais c'est plus fort que lui, il en a besoin pour surmonter sa solitude. Puis, comme tous les soirs, vers vingt heures, Célia l'appelle. Ils conversent un moment, se souhaitent bonne nuit et chacun va se coucher. Pierre prend encore ses antidépresseurs et s'endort généralement dès vingt et une heures.

Le mois de septembre se termine. Les vignes des villages alentour débordent d'activité avec la reprise des vendanges. La famille Maurois a fêté le premier anniversaire des jumelles, et même si cette journée a été chargée de nostalgie, ils ont passé un bon moment. La vie a repris le dessus. Pierre a décidé de ne plus se laisser aller, il va régulièrement chez ses enfants et ses amis. Bien sûr, il a encore du chagrin, mais il a compris et accepté le choix de sa femme. Puis octobre arrive, avec ses belles couleurs automnales. Pierre va faire de grandes promenades dans les bois et quelquefois, Célia l'accompagne. Jérémy va mieux, il a beaucoup diminué la boisson et a, lui aussi, repris le travail.

Décembre est là, et un matin, Pierre a la surprise de voir son jardin tout vêtu de blanc. Il regarde ce magnifique spectacle par la fenêtre de son salon. Une vague de tristesse le submerge ; Valérie aimait tellement la neige, elle était comme une enfant quand les flocons tombaient. Il l'entend encore lui dire « Viens, mon chéri, on va courir dans la poudreuse ! » et elle riait devant son air sérieux. Elle avait gardé son âme d'enfant, et il se rappelle avoir adoré ça.

Ça lui arrive beaucoup plus rarement à présent, mais ce matin, devant ce paysage, les larmes coulent tout doucement sur son visage émacié. Il se sent vieux et seul. Pierre lutte chaque jour pour vaincre cette solitude forcée. Il fait du feu dans la cheminée, Valérie aimait tant regarder les flammes. Tout le ramène à sa femme. Comment peut-il en être autrement après trente ans de vie commune…

La sonnerie du téléphone le tire de sa nostalgie.

- Allo ?

- Bonjour, Papa, c'est Lisa.

- Bonjour, ma fille.

- Ça n'a pas l'air d'aller…

- Si, si. Ne t'inquiète pas, c'est juste que la neige me fait penser à ta mère. Elle aimait tellement ça.

- Je sais, Papa. Tu veux venir à la maison, ça te changerait les idées…

- Merci, c'est gentil, mais je dois corriger les copies de mes élèves…

- Alors, viens déjeuner demain, il y aura Jérémy, Laura et Manon qui passeront dans l'après-midi.

- D'accord, j'apporterai le dessert. À demain.

- À demain, Papa. Bisous.

- Je t'embrasse, ma chérie.

Pierre raccroche. Il appelle Célia.

- Allo ?

- Bonjour, miss.

- Salut, Pierrot. Tu as vu toute cette neige ?

- Oui, ça te dit qu'on aille se promener cet après-midi, je n'ai pas trop le moral… Je n'ai envie de voir personne mis à part toi.

- Bien sûr, viens déjeuner à la maison, et on va se balader après.

- J'ai des copies à corriger…

- Tu les feras ce soir.

- D'accord, à tout à l'heure, merci.

Pierre s'installe sur le canapé, il prend la photo que Manon avait faite de Valérie et lui la dernière fois qu'ils avaient été tous réunis, deux jours avant son suicide.

- Ma puce, dit-il tout haut, tu me manques. Il a neigé cette nuit, tu aurais tellement aimé ce paysage…

Je vais aller me promener avec Célia puisque tu m'as laissé tout seul… Tu comprends, il faut que j'essaie de vivre, maintenant.

Il soupire, il faut vraiment que j'arrête de parler à Val, pense-t-il, ce n'est pas très sain.

Il va se préparer, prend une bouteille de rosé au frigo, péché mignon de son amie, et il se rend à son invitation.

Le repas est bien arrosé, le rosé ne dure que le temps de l'apéritif et du repas. Les deux amis sont bien, détendus, ils décident qu'il est temps de faire une promenade pour dissiper les effets de l'alcool. Tout naturellement, Pierre prend la main de Célia et ils marchent ainsi une bonne heure. Puis, regagnant la chaleur de la maison, Célia lui propose un chocolat chaud que le professeur accepte avec plaisir. Vers dix-huit heures, il prend congé :

- Merci pour tout, Miss. Je ne sais pas comment j'aurais passé cette journée sans toi…

- Tout le plaisir a été pour moi, mon Pierrot, à refaire quand tu veux.
Pierre dépose deux baisers sur les joues de Célia et l'enlace. Elle se laisse aller contre son torse. Dieu, que je suis bien, pense-t-elle. Ils restent ainsi quelques instants, puis Pierre se décide à partir. Il lui caresse la joue du bout des doigts, lui fait un petit sourire et s'en va. Sur le chemin du retour, Pierre pense à Célia, il y a quelque chose chez cette femme qui l'apaise. Il a eu besoin de la tenir dans ses bras ;

mais comme une simple amie, se rassure-t-il.

Le lendemain, après être passé à la petite pâtisserie de son village, Pierre se rend chez sa fille et son gendre. Accueilli à grands cris par les petites jumelles qui se jettent dans ses bras, il éclate de rire :
- Bonjour, mes petites princesses, que vous êtes jolies !
En effet, leur maman les a coiffées avec deux petites couettes. Lisa est heureuse d'entendre son père si joyeux, elle a toujours peur qu'il ne sombre de nouveau dans la dépression. Elle l'embrasse, puis il va saluer Anthony, son gendre. Mais Mathilde et Louise ne l'entendent pas ainsi, elles veulent profiter de leur grand-père. Il joue donc avec

elles-deux, prenant autant de plaisir que les fillettes. Il a l'air bien maintenant, pense Lisa, pauvre Papa, il a dû se sentir si seul après le suicide de Maman…

Le déjeuner se passe dans la bonne humeur, les jumelles, du haut de leurs quinze mois, sont de vrais petits clowns. Puis Lisa va les mettre à la sieste et le grand-père leur raconte une petite histoire. Enfin ils se retrouvent, un peu au calme, au salon. Pierre a juste le temps de souffler que Manon arrive avec Lola qui lui saute sur les genoux. Suivent Jérémy et sa petite famille. Le grand-père prend un peu Sébastien dans les bras, et va se rasseoir avec ses enfants, épuisé.

- C'est votre maman qui aurait été heureuse, au milieu de tous ces petits bouts… dit-il, sans réfléchir.

- Papa, s'il te plait, ne parle pas comme ça, je ne vais pas le supporter, répond son fils.

- Jérémy, on ne va pas ne plus parler d'elle parce qu'elle n'est plus avec nous. Elle fait partie de notre vie…

- Bon, les coupe Manon, c'est bientôt Noël, comment fait-on cette année ?

- Comment ça, on fait comment, on le fait chez papa, comme avant ! réplique Jérémy.

- Je ne crois pas mon fils, ne le prenez pas mal, mais Noël sans votre mère, pour moi, cette année, c'est tout simplement irréalisable.

- Mais, Papa, on te préparerait tout, tu n'aurais rien à faire si ce n'est le sapin, répond Lisa.

- Non, je ne ferai pas de sapin. C'est Valérie qui le décorait. Il n'y aura pas de Noël pour moi cette année. Je ne m'en sens pas le courage. Faites-le entre vous, vous avez tous une famille maintenant.

- Enfin, Papa, s'énerve Jérémy, notre famille c'est toi aussi ; et Noël, c'est à Saint-Paul !

- N'insiste pas, mon fils, comprends que je n'en ai pas le courage.

- Tu ne peux pas dire ça, Papa, je veux que Sébastien connaisse les mêmes Noëls que nous.

- Ça ne sera plus jamais les mêmes Noëls ; il manquera toujours votre mère, lui répond Pierre, les yeux bordés de larmes.

- Écoutez, on a une grande maison avec Anthony, on le fera tous ici.

- Ça ne sera pas pareil. Papa pourrait faire un effort pour ses enfants et ses petits-enfants ! s'emballe son frère.

- Je ne peux pas, tu comprends ça ? JE NE PEUX PAS ! Alors, fiche-moi la paix. Est-ce que pour une fois, tu peux te mettre à ma place et être un peu tolèrent ?

- Et toi, tu t'y mets à notre place ? Et la tradition, tu en fais quoi ? renchérit Jérémy.

- Je n'en fais rien. Je suis fatigué. Je survis, je ne sais pas comment. Chaque jour, je prends sur moi pour aller travailler, pour parler, pour ne pas pleurer, et crois-moi, ça été très dur de me relever. Alors, maintenant que je commence à remonter doucement la pente, si je te dis que je ne veux pas faire Noël, je ne le ferai pas ! Ai-je été assez clair ?

- Et tes petits-enfants, tu y penses ?

- Je passerai après Noël leur amener leurs cadeaux, de toute façon, mis à part Lola, les autres sont trop petits pour comprendre. Et à elle, je lui expliquerai, c'est une enfant très vive, elle comprendra.

Un silence pesant règne dans la pièce.

Manon demande d'une petite voix :

- Mais tu veux rester tout seul, Papa ?

- Oui, pardonnez-moi, mais je ne veux pas entendre parler de Noël, cette année. Allez, je m'en vais, j'ai encore des copies à corriger…

- Je dirais plutôt que tu fuis, lui assène son fils d'un ton agressif.

- Peut-être… répond simplement son père.

Pierre salue rapidement ses enfants, s'arrête à la salle de jeux pour embrasser Lola qui fait un puzzle.

- Au revoir, ma poupette.

- Au revoir, Papy, lui dit-elle en l'embrassant, Mamie m'appelait comme ça aussi…

- Oui, c'est vrai…

- Papy, c'est parce que tu es triste que tu ne veux pas fêter Noël ?

- Oui. Parfois, tu sais, c'est dur d'être un papy... lui dit-il en la serrant contre lui.

- Le Père Noël, il ne va pas passer si tu ne fais pas le sapin.

- Toi, tu as écouté aux portes, ce n'est pas bien.

- C'est parce que tonton Jérémy et toi, vous criiez...

- Pardon, ma petite puce, ce n'est pas facile pour toi de comprendre les histoires de grands. Ne t'inquiète pas pour moi, le Père Noël, il apporte des cadeaux surtout aux enfants. Moi, je suis vieux, je n'ai plus besoin de rien. Juste des câlins de ma petite Lola, ajoute-t-il en souriant.

- Je t'aime, Papy ! répond la petite en l'enlaçant.

- Moi aussi, ma petite chérie. Il l'embrasse et s'en va.

Chapitre 4

La sonnerie du téléphone retentit dans le silence de la grande maison de Célia.

- Allo ?
- Salut, Maman, c'est Julie.
- Bonjour, ma fille, comment vas-tu ?
- Bien. Je t'appelle pour Noël, Damien a réservé une semaine aux Menuires. Si tu veux nous rejoindre pour le vingt-quatre et le vingt-cinq, on fêtera Noël là-haut.
- Merci, mais je ne me sens pas de conduire si loin, surtout à cette période. Je n'ai plus vingt ans, tu sais.

- Tu ne vas pas rester toute seule, quand même ?

- Ne t'inquiète pas. J'ai l'habitude. Puis-je parler un peu à Yanis, s'il te plait ?

- Oui, je te le passe. Je t'embrasse, Maman.

- Bisous, Lisa.

- Allo, Mamie ?

- Bonjour, comment vas-tu, mon petit bonhomme ?

- Bien. Je vais apprendre à faire du ski…

La grand-mère et son petit-fils conversent un moment puis ce dernier raccroche.

Célia qui retenait ses larmes pour ne pas montrer sa déception éclate en sanglots. Mon Dieu, se dit-elle, je vais être seule à Noël ! Quand cette maudite solitude va-t-elle finir ?

Elle est encore en pleur quand elle entend frapper à la porte. Elle s'essuie rapidement les yeux et va ouvrir. Quand Pierre la voit, les yeux tout rougis, il s'inquiète immédiatement pour son amie.

- Célia ! Mais que t'arrive-t-il ?

- Ce n'est rien, entre mon Pierrot. Je suis si contente de te voir.

Son ami la prend dans ses bras et elle se laisse aller contre lui. Pierre l'enlace un moment, puis l'interroge :

- Dis-moi, miss, pourquoi pleures-tu ?

- C'est ma fille, elle fête Noël en station. Je vais être toute seule.

- Les enfants sont égoïstes…

- Oui, mais moi, je n'ai qu'elle.

- Oui, je sais. Je viens de me quereller avec les enfants, mais pour

la raison inverse. Je leur ai dit que je ne passerai pas Noël avec eux. Tu te doutes que Jérémy l'a très mal pris.
Il rapporte sa dispute à son amie et conclut :

- Nous passerons Noël tous les deux, je ne veux pas que tu sois seule ce jour-là.

- Mais je croyais que tu ne voulais pas le fêter ?

- Je ne veux pas de sapin, je ne veux rien qui me fasse penser à Noël…

- Si tes enfants apprennent que nous le fêtons ensemble, ils ne vont pas être très contents.

- Écoute, Célia, nous n'allons pas fêter Noël, nous ferons un bon repas et joindrons nos solitudes, c'est différent. Mais, je n'ai pas envie de sapin, de guirlandes, de cadeau, de tout ça, tu comprends ?

- Oui, mon Pierrot, merci de ne pas me laisser seule ce jour-là. Je te sers un apéritif, tu as l'air fatigué ?

- Oui, je veux bien, s'il te plait, répond-il en s'asseyant sur le canapé. Les enfants et petits-enfants m'ont épuisé !

- J'aimerais tellement pouvoir en dire autant…

- Ne sois pas triste, tu n'es pas seule, je suis là et je serai toujours là pour toi. Tu vois, je me suis disputé avec Jérémy et je n'avais qu'une envie, c'était de te retrouver. Sais-tu que tu m'apaises ? lui dit-il en souriant.

- Merci, mon Pierrot.

Célia pose les verres sur la table basse, s'assoit tout près de Pierre et pose la tête contre son épaule. Il l'enlace et pose un baiser sur ses cheveux. Ils restent ainsi sans oser bouger, ils sont bien, un peu gênés cependant de se laisser aller comme ça. Célia rompt le silence :

- Tu manges avec moi, ce soir ?

- Je veux bien, merci.

Ils finissent de prendre l'apéritif et Célia fait une salade composée qu'elle accompagne du restant de pizza du déjeuner. Aimant tous les deux le rosé, cette dernière en sort une bouteille qu'ils boivent à deux pendant le repas.

- On se regarde un film ? propose-t-elle.

- Avec plaisir, je pencherais pour un comique, qu'en penses-tu ?

- Allez, c'est parti !

Célia met une vidéo de De Funès. Après les quelques apéritifs qu'ils se sont laissés aller à boire, plus la bouteille de rosé, les amis sont un peu soûls. Ils rient de bon cœur des facéties de l'acteur. Pierre se sent détendu comme il ne l'a pas été depuis longtemps.

Quand le film est fini, ce dernier avoue à son amie :

- Je pourrais te dire que j'ai trop bu pour prendre le volant, ce qui ne serait pas un mensonge, mais je vais être sincère avec toi, j'aimerais beaucoup rester ici cette nuit. J'en crève de me retrouver seul chaque soir...

- Reste, mon Pierrot, j'en ai très envie aussi.

Il la prend dans ses bras et l'embrasse...

- Viens, montons, lui suggère-t-elle.

Après être passés à la salle de bain, ils se rejoignent dans le lit où ils s'aiment jusque tard dans la nuit. Le nouveau couple s'endort dans les bras l'un de l'autre.

Quand Pierre s'éveille et qu'il réalise qu'il a passé la nuit avec son amie, il ressent de la honte. Bien sûr, il se rappelle le plaisir qu'il a éprouvé dans les bras de Célia, mais sa femme n'est décédée que depuis quelques mois, comment a-t-il pu faire une chose pareille ? Certes, ils ont trop bu, mais il aurait quand même dû savoir se tenir. Il regarde Célia, abandonnée dans ses bras, le corps nu, elle est très belle et il a de nouveau très envie d'elle. Mon Dieu, pense-t-il, il faut que je m'en aille. Il regarde l'heure, il est sept heures trente et subitement, il réalise qu'on est lundi et qu'il a cours à huit heures ! Il va prendre une douche, s'habille rapidement et part au lycée. Le professeur est très ennuyé, il a abusé de l'alcool, et il souffre tant de la solitude qu'il s'est laissé aller dans les bras de Célia. Il n'aurait jamais dû passer la nuit avec elle. Il lui envoie un SMS.

« Désolé d'être parti comme un voleur, mais ce matin, j'ai cours. Je passerai te voir à midi, il faut que je te parle. Bisous. »

La réponse ne tarde pas,

« D'accord, je t'attends, bisous mon Pierrot. »

Midi sonne, Pierre se précipite chez son amie, il a hâte de lui expliquer ce qu'il ressent.

Célia l'accueille avec un grand sourire, il dépose un baiser sur sa joue.

- Je nous ai préparé un bon repas…

- C'est très gentil, mais il faut que je te parle.

- D'accord, allons au salon…

Pierre s'assoit près d'elle et commence :

- Hier, nous avions trop bu tous les deux et même si je suis très attiré par toi, je ne veux pas d'une relation. Valérie n'est décédée que depuis quelques mois et j'ai l'impression de l'avoir trompée. Je m'en veux, tu ne peux pas savoir, comment ai-je pu faire une chose pareille !

Devant son silence, il continue :

- Je suis très bien avec toi, mais nous sommes des amis, simplement des amis, Célia, tu comprends ? On a trop bu hier et on a fait n'importe quoi.

- C'est toi qui a voulu rester, Pierrot.

- Je sais, j'ai eu tort. Oublions ça, veux-tu, c'était une erreur.

- Oui, tu as sûrement raison. Passons à table. Les deux amis mangent, Célia ne parle pas, elle picore tandis que Pierre essaie de tenir une conversation. Après le café, ils sortent fumer et Célia prend un joint.

- Tu ne vas pas fumer de l'herbe, en pleine journée ?

- Et pourquoi pas ? Je n'ai de compte à rendre à personne, il me semble, répond-elle d'un ton sec.

- Excuse-moi, tu as raison, ça ne me regarde pas, rétorque-t-il, un peu vexé.

- Effectivement.

Le professeur est mal à l'aise, il voit bien qu'il a blessé son amie, mais ne sait pas quoi dire pour qu'elle retrouve le sourire. Un silence s'installe, à peine troublé par le souffle du vent dans les arbres. Pierre se demande s'il n'a pas abimé cette belle amitié qu'ils partagent depuis des années. Finalement, ne sachant plus quoi dire ni quoi faire, il prend congé.

Il décide d'aller chez Sylvain.

- Tu es venu boire le café, le prof ? lui demande ce dernier.

- Oui, mais j'ai surtout besoin de te parler, j'ai fait une bêtise.

- Allez, viens me raconter.

Pierre lui conte la soirée sans rien omettre.

- Et où est le problème ? lui demande Sylvain.

- C'est trop tôt, tu comprends, j'ai l'impression de tromper Val. Je l'ai expliqué à Célia, mais je crois que j'ai été maladroit. Tu pourras passer voir comment elle va, ce soir ? Quand je suis parti, elle était en train de fumer un joint. En pleine journée ! Quand je lui en ai fait la remarque, elle m'a envoyé paître.

- Ok, j'irai en sortant du lycée.

En fin d'après-midi, le professeur de musique va voir son amie. Il frappe et entend :

- Entre, c'est ouvert…

- Coucou…

- Ah, c'est toi, Sylvain…

- Tu attendais quelqu'un ?

- Non… Il y a longtemps que je n'attends plus personne…

- Dans quel état tu es, Célia… tu as bu ? lui demande doucement Sylvain quand il voit ses yeux creusés.

- Peut-être un peu, je ne sais plus…

Sylvain soupire. Sur la table basse, il y a une bouteille de rosé à moitié vide et trois mégots de joints dans un cendrier. Son amie, les yeux rougis, la mine défaite, est affalée sur le canapé.

- Pourquoi tu te détruis comme ça ? Tu le sais pourtant qu'il ne faut pas mélanger l'alcool et l'herbe !

- Quelle importance, tu veux me dire ? Je n'ai plus de mari, ma fille passe Noël en montagne avec son mari et mon petit-fils. Je suis seule, toujours seule. Mon meilleur ami couche avec moi, mais le lendemain, il met ça sur le dos de l'alcool et me demande d'oublier. Alors, dis-moi, que me reste-t-il ? Rien ! Il faut que j'oublie, alors tu vois, je m'y emploie.

- Célia, lui répond Sylvain en lui prenant les mains, je suis désolé pour toi. Mais, nous sommes là, nous, tes amis.

- Vous ? Mais vous avez vos enfants, vos conjoints, vos fêtes de famille.

- Allez, je vais te préparer un café, ça te fera du bien.

- Laisse-moi, je sais que tu veux bien faire, mais tu ne peux rien pour moi, alors va-t'en.

- Célia, s'il te plait, laisse-moi t'aider…

- M'aider ? M'aider à quoi ? À ne plus être seule ? Tu veux passer la nuit avec moi, toi aussi ?

- Arrête de dire n'importe quoi, Célia, ressaisis-toi.

- Fous-moi la paix, je n'ai pas envie de me ressaisir, je n'en peux plus, tu ne comprends donc pas ? JE N'EN PEUX PLUS ! Va-t'en, Sylvain, va-t'en !

- Comme tu voudras, murmure-t-il, mais tu sais, ça me fait de la peine de te voir comme ça.

Célia ne répond pas, elle se recroqueville sur le canapé et ferme les yeux. Son ami sort de la maison, s'installe dans sa voiture et téléphone à Pierre :

- Allo ?

- Salut le prof, c'est Sylvain. Je suis devant chez Célia, elle a bu et fumé. Elle ne va vraiment pas bien, elle m'a mis dehors. Il faut que tu viennes la voir, il n'y a que toi qui puisses faire quelque chose.

- Mais que veux-tu que je fasse ?

- Dis-lui que c'est trop tôt pour toi, qu'il faut qu'elle soit patiente. Je ne sais pas, moi… Comment as-tu pu agir ainsi et la laisser tomber ? Tu le sais qu'elle est restée fragile, je ne l'ai pas vue dans cet état depuis que Christophe s'est tué.

- J'avais bu, Sylvain, sinon tu penses bien, jamais je n'aurais passé la nuit avec elle. Je ne voulais pas la faire souffrir.

- Je sais, mais tu ne peux pas la laisser comme ça ! Va la voir. Maintenant. Dans l'état où elle est, elle est capable de faire une bêtise !
- Ok, j'y vais. Merci Sylvain.
- Tiens-moi au courant, salut.

Pierre, inquiet, se rend immédiatement chez Célia. Il frappe, n'attend pas, et entre dans la maison de son amie. Il la trouve endormie sur le canapé. Le professeur débarrasse la table basse, vide le cendrier et fait le café. Il se sent coupable, il a été maladroit. Célia a toujours été là quand il n'était pas bien et aujourd'hui, il lui a fait du mal. Il s'en veut terriblement.
Voyant que son amie ne se réveille pas, il regarde dans le frigo et prépare le diner. Il fait une salade de

tomates et une quiche. Puis il la rejoint au salon, s'installe sur le fauteuil et la regarde dormir. Finalement, la fatigue de la nuit précédente a raison de lui et il sombre à son tour dans un sommeil profond.

Célia se réveille, elle est étonnée de voir Pierre endormi dans son salon. Que fait-il là ? Elle voit qu'il est presque vingt heures.

Elle passe à la salle de bain pour se rafraichir, puis se dirige vers la cuisine. La table est mise, le repas fait. Comme il est gentil, songe-t-elle. Elle retourne au salon et décide de réveiller son ami.

- Pierrot, Pierrot…

- Hum…je crois que je me suis endormi…

- Oui… que fais-tu là ?

- J'avais à te parler.

- Ne te fatigue pas, tu as été très clair à midi, lui répond son amie, d'un ton triste.

- Assieds-toi et écoute-moi.

Célia prend place sur le canapé en face de Pierre.

- Vas-y, je t'écoute. Mais on ne se boirait pas un apéritif avant ?

- Ne crois-tu pas que tu as assez bu ?

- Pourquoi me dis-tu ça ?

- C'est moi qui ai débarrassé la table et vidé le cendrier…

- Et si j'ai envie de boire un verre, tu vas peut-être m'en empêcher ?

- Oui, tu ne vas ni boire ni fumer un joint, tu vas m'écouter. Et sans m'interrompre.

Célia ne répond pas. Pierre continue :

- J'ai été maladroit à midi. Je te demande pardon. Je tiens beaucoup à toi, vraiment beaucoup. J'ai été heureux cette nuit dans tes bras, mais j'ai besoin de temps. Ça va trop vite, tu comprends ? Val est partie il n'y a que quelques mois, je n'ai encore pas fait mon deuil. Il marque un temps et ajoute :

- Auras-tu la patience de m'attendre ?

Célia acquiesce :

- Bien sûr que je t'attendrai…

- Et promets-moi, miss, de diminuer ta consommation d'alcool et de joints, ça me fait mal de te voir te mettre dans des états pareils.

- Promis, mon Pierrot.

- Allez, viens. Je me suis permis de nous faire à manger.

- C'est très gentil.

Le professeur envoie discrètement un SMS à Sylvain pour le rassurer.

Les deux amis passent une bonne soirée sans boire une seule goutte d'alcool, puis Pierre rentre chez lui, après avoir embrassé tendrement Célia sur la joue.

Chapitre 5

Pierre n'a aucune nouvelle de ses enfants aussi décide-t-il d'aller leur rendre visite. Il commence par Manon qui le reçoit gentiment, Lola lui fait la fête, comme à son habitude. Rassuré, il va voir Lisa, chez qui ça se passe très bien aussi. Le professeur craint plus la visite chez son fils. En effet, ce dernier l'accueille froidement. Il n'a pas admis la décision de son père de ne pas fêter Noël chez lui, à Saint-Paul.

- Bonjour, mon fils.
- Bonjour, Papa.
- Comment vas-tu ? Je n'ai pas eu de tes nouvelles depuis l'autre dimanche, chez Lisa.

- Je croyais que tu voulais être seul, lui répond-il d'un ton provocant.

- Ne commence pas, Jérémy. Je ne suis pas venu pour que l'on se dispute. Ce n'est pas parce que je ne suis pas avec vous pour Noël que je ne veux pas vous voir. Vous êtes mes enfants et je vous aime.

- Tu nous aimerais, tu serais parmi nous au moment des fêtes.

Pierre soupire. Son fils n'arrêtera-t-il donc jamais ? Il reprend d'une voix calme :

- Mon Jérémy, ce n'est pas contre vous. Je serai trop malheureux sans ta mère. Je n'aurai pas le cœur à parler, rire… Tout cela sera au-dessus de mes forces. Je sais par avance que je vous gâcherai Noël. Tu comprends ?

- …

- Bien sûr, tu es malheureux et tu as la nostalgie des Noëls précédents. Mais tu vas les garder au fond de ton cœur et plus tard, tu les raconteras à Sébastien.

- Oui…

Ils sont interrompus par l'arrivée de Laura et son fils.

- Ah, voilà mon petit Sébastien, s'exclame le grand-père, en le prenant des bras de sa belle-fille.

Le petit bonhomme a dix mois, il est très éveillé, et fait la fête à son Papy.

- Cet enfant est magnifique, dit Pierre, je suis vraiment heureux d'être grand-père !

- Vous êtes un très bon papy, vous savez, lui dit sa belle-fille.

- Merci, Laura.

Ils discutent un bon moment puis se séparent, ravis d'avoir passé un peu de temps ensemble, sans conflit.

Le soir du vingt-quatre décembre arrive. Pierre est très élégant dans son pantalon noir et sa chemise d'un gris satiné. Comme prévu, il se rend chez son amie à vingt heures. Quand cette dernière lui ouvre la porte, elle ne peut s'empêcher de l'admirer :
- Comme tu es beau, mon Pierrot !
Célia porte une jolie robe rouge qui met en valeur ses cheveux bruns et son teint mat.
- Tu es très élégante également, miss, lui répond-il, troublé par sa beauté.
 Ils s'enlacent chaleureusement.
- Et tu sens divinement bon, ajoute-t-il.

- Merci, murmure-t-elle, un peu gênée.

Ils ont commandé leur repas chez un traiteur afin de n'avoir rien à faire. Une belle table est dressée, mais bien sûr, il n'y a aucune décoration, Pierre a été catégorique là-dessus. Il a expliqué à son amie que rien ne devait faire penser à Noël, ce sera comme un beau week-end. Célia a accepté, même si elle aurait aimé le fêter. Pierre sait cela et lui est reconnaissant de l'effort qu'elle fait. À la fin du repas, ils s'installent pour regarder une vidéo. Célia, ne sachant comment se comporter avec lui, s'assoit à l'autre bout du canapé.

- Dis donc, miss, tu devrais te mettre encore plus loin !

- Je n'ose plus m'approcher de toi, répond-elle en riant.

- Tu es sotte, viens dans mes bras. Célia se blottit contre lui, ravie. Elle aime la senteur de son eau de toilette, elle est bien. Ils restent ainsi tout le long du film, puis elle ose lui demander :

- Pierrot, je n'ai pas envie de rester seule ce soir, veux-tu dormir à la maison, il y a la chambre de Julie. De plus, tu seras sur place pour demain midi.

- Avec plaisir, miss, moi non plus je n'ai pas envie de rentrer chez moi… Mais j'ai envie de dormir avec toi…

- Ça ne serait pas très raisonnable…

- S'il te plait, je déteste dormir seul.

- Tu me promets qu'on ne fera que dormir ? Nous avons bu

raisonnablement ce soir, donc tu es en pleine possession de tes moyens, ajoute-t-elle en souriant.

- Oui, ne t'inquiète pas, je saurai me tenir, affirme Pierre. Merci de ta patience, tu es vraiment adorable.

Les deux amis vont, à tour de rôle, prendre leur douche. Ils se retrouvent dans le lit de Célia.

- Venez dans mes bras, madame, et dormons vite avant que des idées ne me trottent dans la tête !

Son amie sourit :

- Si vous avez des idées qui trottent, monsieur, je saurai les remettre à leur place !

Pierre éclate de rire :

- Ai-je au moins le droit de quémander un petit baiser ?

- Est-ce convenable ?

- Je promets de rester très correct.

- Un petit, alors.

Pierre se penche sur elle, pose ses lèvres sur celle de son amie et l'embrasse.

- Célia, je retire ma promesse…

- Non, Pierrot, demain, tu vas le regretter…

- Je ne regretterai rien, insiste-t-il.

- Je t'ai dit non, je veux une vraie histoire, pas une aventure d'un soir, et tu n'es pas encore prêt.

- S'il te plait, miss, ne me repousse pas, j'ai envie de tout oublier ce soir…

- Ça suffît, Pierrot, arrête !

Pierre soupire :

- Tu ne m'aimes plus ?

- C'est justement parce que je t'aime que je te repousse. Je t'en prie, ne te vexe pas, ne gâche pas cette belle soirée.

- Pardonne-moi, miss. Comment fais-tu pour me supporter ?

- Je suis une sainte, répond-elle en souriant.

La tension est retombée et Pierre rit avec elle. Ils se souhaitent bonne nuit et s'endorment rapidement.

Le matin de Noël, Célia s'éveille la première, elle regarde Pierre qui dort de tout son long, en travers du lit. Son visage est paisible, sa respiration régulière, Célia réfrène son envie de poser ses lèvres sur les siennes. Malgré les kilos qu'il a perdus depuis le décès de Valérie, il reste un très bel homme. Il a une large stature, de beaux cheveux poivre et sel, et un visage si doux... Comme c'est bon d'avoir quelqu'un près de soi, pense-t-elle. Elle se lève sans bruit et descend préparer le petit déjeuner.

Pierre la rejoint alors qu'elle finit de mettre les bols.

- Comme c'est agréable de se lever avec une bonne odeur de café… Bonjour, Madame, lui dit-il d'un air fripon.

- Bonjour, Monsieur. Venez donc vous installer.

- Comme tu es belle…

- Pierrot, ne commence pas…

- Célia, je t'en prie, j'ai tellement envie de t'embrasser. Et il joint le geste à la parole. Son amie, après une brève hésitation lui rend son baiser, elle en a assez de le repousser alors qu'elle n'a qu'une envie, se laisser aller entre ses bras.

- On retourne se coucher ? lui murmure-t-il.

- Si tu me jures qu'après tu ne me laisseras pas tomber comme une vieille chaussette, car je ne m'en remettrai pas, cette fois.

- Je te le promets.

Ils regagnent la chambre de Célia et s'aiment avec passion. Puis, épuisés, ils restent ainsi dans les bras l'un de l'autre, sans rien dire, un peu gênés. Pierre brise le silence :

- Bon, ce n'est pas tout ça, miss, mais moi, cette gymnastique m'a donné faim ! Je n'ai plus vingt ans !

- Et bien, allons-y, mon Pierrot, moi aussi j'ai faim et je n'ai plus vingt ans !

Le professeur éclate de rire, heureux, il embrasse son amante et ils vont prendre leur petit déjeuner. Le couple parle des projets de leur journée. Ils décident d'aller marcher un peu, puis de déjeuner et de regarder de nouveau un film. Ils s'habillent chaudement et sortent. Pierre s'excuse :

- Ne m'en veux pas si je ne te tiens pas la main, mais si on rencontre quelqu'un…

- Quand on était de simples amis, tu me prenais la main…

- Je ne préfère pas, miss, réplique un peu sèchement Pierre.

Ils marchent un moment dans la forêt glaciale, chacun perdu dans ses pensées, puis Célia, contrariée, en a assez :

- On rentre ? J'ai froid.

- Oui, pas de souci.

Le couple retourne sur ses pas et ils regagnent rapidement la maison. Elle leur fait un café chaud, mais un silence pesant s'immisce entre eux.

- Assieds-toi, miss, et écoute-moi.
Célia s'installe sans un mot dans le canapé, craignant déjà d'entendre les remords de Pierre.

- Tout d'abord, je veux que tu te rassures, je ne regrette pas du tout de t'avoir aimée ce matin. Tu es belle, gentille et si douce…

- Mais ? le coupe-t-elle.

- Mais j'aimerais que notre relation reste discrète pour le moment, tu me comprends ?

- Peux-tu m'expliquer ce que tu entends par discrète ?

- J'aimerais, si ça te convient, que nous nous voyions aussi souvent que possible, mais n'en parlons à personne. Tu comprends, si les enfants venaient à l'apprendre, ils ne me le pardonneraient pas, surtout Jérémy.

- D'accord.

- Je te remercie de ta compréhension, miss. Et il l'enlace. Célia est rassurée, même si leur histoire reste un secret, désormais, elle n'est plus seule.

Le reste de la journée se passe dans une ambiance chaleureuse, mais, le soir venu, ils décident qu'il est plus raisonnable que chacun regagne son domicile.

Arrivé chez lui, Pierre culpabilise. Il prend une photo de Valérie et de lui, puis s'assoit sur le canapé. « Tu es partie depuis à peine cinq mois et je t'ai déjà remplacée. Quel mari suis-je pour faire une chose pareille ? Je t'aime, Val, mais je suis tellement seul… Et Célia est si douce… Tu le sais toi, que je ne supporte pas la solitude. Tu seras toujours dans mon

cœur, je n'oublierai pas nos trente années de bonheur, ma petite femme. »
Il repose la photo tout doucement et va se coucher.

Chapitre 6

Ce sont les vacances pour les écoliers. Le petit village est tout illuminé, les maisons, décorées ; Saint-Paul respire Noël.
Pierre ne travaille donc pas, au contraire de Célia qui n'a pas pu prendre de congé. Il prend l'habitude d'aller chez elle le soir, allant faire les courses, l'aidant à préparer le repas, puis il passe la soirée et la nuit, ensemble. Le matin, le couple se lève en même temps, et quand Célia part travailler, Pierre retourne chez lui.
Ce matin-là, le professeur décide d'aller voir Sylvain qui le reçoit chaleureusement. Ils parlent un peu

de la vie du lycée, puis Sylvain demande à son copain où il en est avec Célia. Pierre lui révèle leur histoire et lui demande de rester très discret.

- Je suis content pour vous, le prof.

- Ne trouves-tu pas que c'est un peu tôt ?

- Écoute, prends le bonheur comme il vient. Tu as raison d'être discret par rapport à tes enfants, mais Val aurait aimé que tu sois heureux. En mettant fin à sa vie, elle t'a rendu ta liberté.

- Tu as peut-être raison, je ne l'avais jamais vu sous cet angle. Merci, tu es un vrai pote !

Pierre passe encore une petite heure avec son ami qui lui rappelle que le réveillon du trente et un décembre se passe chez lui et Laurence, puis il rentre à Saint-Paul.

Célia, de son côté, a besoin de parler de sa récente relation, elle appelle donc ses deux amies pour déjeuner « entre filles ». Elles sont heureuses de se retrouver et Célia les informe de sa relation avec le mari de Valérie.

- Je suis contente pour toi, lui dit Laurence. Val m'avait dit, la dernière fois où l'on s'est vu au lac et que tu étais dans l'eau avec Pierre, que si un jour, elle n'était plus là, ça serait bien que vous vous mettiez ensemble. Sur le coup, ça m'avait paru bizarre comme réflexion, puis j'ai oublié. Mais tu vois, elle ne t'en aurait pas voulu, elle avait pensé à tout.

- Oui, je m'en souviens, ajouta Véro, moi aussi j'avais été surprise.

- Ça me rassure un peu ce que vous me dites, car au fond de moi, je culpabilise un peu. J'aime Pierrot, mais je ne peux m'empêcher de penser à Valérie.

- Vous êtes libres tous les deux, alors soyez heureux et ne pensez qu'à vous, lui dit Laurence.
Puis les trois amies parlent du réveillon du Nouvel An et retournent chacune à leur travail.

Le matin du trente et un, Célia demande à Pierre s'il passe la prendre pour aller réveillonner chez Sylvain et Laurence.

- Si tu y tiens…

- Ne te sens pas obligé, je peux y aller en voiture et on se retrouve là-bas, répond-elle, un peu vexée.

- C'est peut-être mieux, non ?

- Si tu le dis…

- Ok.

Célia est déçue, elle aurait aimé y aller avec Pierre, mais ce dernier n'a pas l'air très enthousiaste, aussi parle-t-elle d'autre chose et le sujet est clos.

Le soir, dans sa salle de bain, le professeur se prépare, il est nostalgique. Il pense à l'année précédente. Comme sa femme était belle dans sa robe noire ! Comme ils s'étaient aimés ce soir-là, Pierre en a les larmes aux yeux.

Il n'a pas eu le cœur d'aller chercher Célia. Il a bien vu qu'elle en a été triste, mais aujourd'hui, c'est de sa femme dont il a besoin. Il ressent un énorme manque d'elle.

Sur la route pour aller chez ses amis, ce sentiment s'amplifie, il se remémore quand Val avait oublié les desserts, un an plus tôt. C'était au début de sa maladie, à moins que ça n'ait commencé bien avant et qu'il n'y ait pas prêté attention. Pierre arrive chez ses amis, complètement déprimé. Il n'a pas un regard pour Célia et se met rapidement à l'apéritif. Il enchaine les verres, les uns après les autres.

- Ça ne va pas, mon Pierrot ? lui demande gentiment son amie.

- Laisse-moi, Célia, ce n'est pas le moment, répond-il d'un ton sec.
Les larmes lui montent aux yeux, c'est la première fois que Pierre lui parle si froidement, elle ne

comprend pas, qu'a-t-elle bien pu faire ou dire, se demande-t-elle. Elle sort sur la terrasse et s'allume un joint. Véro qui a suivi la scène de loin, la rejoint :

- Ne te tracasse pas, il doit penser au réveillon de l'an passé, il n'est pas bien, c'est un peu normal, passe là-dessus.

- Je sais, mais ce n'est pas facile… Je fais tout ce que je peux pour lui faire oublier Val, mais je n'y arriverai jamais. Je ne compte pas vraiment pour lui.

- Ne dis pas ça, il lui faut encore un peu de temps…

Pendant ce temps, Sylvain essaie de raisonner Pierre.

- Pourquoi es-tu si dur avec Célia ? Ne crois-tu pas qu'elle a déjà assez enduré de choses comme ça ?

- Je sais, mais ce soir, Val me manque trop. J'ai besoin de ma femme… C'est tellement dur… murmure-t-il d'un ton abattu.

- Écoute, Pierre, j'ai quelque chose d'important à te dire. Valérie avait dit à Laurence, le dernier jour où nous l'avons vue au lac, que si un jour elle n'était plus là, elle aimerait que Célia et toi, vous vous mettiez ensemble.

- Tu plaisantes ?

- Non, va demander à Laurence…

- Comment a-t-elle pu dire une chose pareille ?

- Elle savait déjà qu'elle allait partir…

- Mon Dieu, elle a vraiment pensé à tout…

- Allez, le prof, arrête de boire, ça ne te rendra pas Valérie. Il faut tourner la page. Va voir Célia. Prends un peu soin d'elle avant qu'elle ne se détruise complètement.

Pendant ce temps, son amie mélange alcool et marijuana et quand il la rejoint, elle est dans un état pitoyable.

- Bravo, Pierre, s'énerve Véro, on a mis combien de temps à la sortir de son addiction à l'herbe quand Christophe s'est tué ? Il ne fallait pas te mettre avec elle si tu n'étais pas prêt. Ne crois-tu pas qu'elle n'en a pas assez bavé toutes ces dernières années ? Regarde dans quel état elle est !

- Je suis désolé…

- Tu peux. Je sais que tu penses à Val, mais Célia est là, tu t'es mis avec elle, alors assume ! Occupe-toi d'elle avant qu'il ne soit trop tard.

Pierre se dirige vers Célia :

- Ma puce, je suis vraiment désolé, j'ai eu un moment de cafard, dit-il en l'enlaçant. Tu me pardonnes ?

- Je ne sais pas, Pierrot, je ne sais plus quoi penser. Je crois qu'il vaut mieux tout arrêter… Il y aura toujours l'ombre de Val entre nous.

- Ne dis pas ça, je te promets d'être plus attentionné, je tiens vraiment à toi, donne-moi encore une chance…

- Je ne sais pas… murmure-t-elle.

- S'il te plait, Célia… Je vais prendre soin de toi, maintenant.

Laurence arrive avec un café qu'elle tend à son amie.

- Tiens, bois, c'est bon pour ce que tu as, lui dit-elle en souriant.

Puis ils passent à table et doucement, l'ambiance redevient légère. Après diner, Sylvain met de la musique et les six amis dansent un peu. Célia, qui a un peu récupéré, se laisse aller dans les bras de Pierre, sur un magnifique slow.

Minuit sonne et les vœux sont échangés. Puis ils s'installent tous sur les canapés et fauteuils et finissent la soirée tranquillement. Pierre ramène Célia chez elle. Elle n'est pas suffisamment en état pour conduire.
- Est-ce que je peux rester ce soir ? demande-t-il timidement.
- Si tu veux.
- Moi, j'en ai très envie, mais toi, m'as-tu pardonné ?
- Oui.

- Tu es si gentille, et si patiente avec moi. Je te promets de ne plus te faire souffrir, ma puce.

- Je t'aime tant, mon Pierrot.

- Moi aussi. Allez viens, ma chérie…

Ils entrent dans la maison de Célia. Cette dernière se dirige directement vers la salle de bain, puis va attendre Pierre dans son lit. Quand il la rejoint, elle dort déjà profondément. Il la regarde, elle est si belle, quel âge a-t-elle ? Il sait qu'elle est plus jeune que Val, mais ne sait de combien exactement. Quand Célia a connu Christophe, elle n'était pas encore majeure, très vite, ils avaient eu Julie. Pierre l'enlace et s'endort.

Le lendemain, il s'éveille le premier, se lève et fait le café. Célia le rejoint un moment après.

- Bonjour, Pierrot. Je suis désolée pour hier, je crois que je me suis endormie…

- Ce n'est pas grave. Je te présente encore mes excuses pour mon comportement chez Sylvain.
Elle se blottit contre lui.

- C'est oublié, mon Pierrot.

- Dis-moi, quel âge as-tu exactement, miss ?

- Sais-tu que ça ne se fait pas de poser cette question à une femme ? répond-elle en souriant.

- Allez, dis-moi…

- Quarante-huit ans.

- Mais tu peux encore tomber enceinte ? lui demande-t-il, paniqué.
Célia éclate de rire.

- Aurais-tu peur que je te fasse un petit ?

- Ça ne me fait pas rire, je te rappelle que je suis grand-père ! lui rétorque-t-il d'un ton sérieux.

- Ne stresse pas, mon Pierrot, j'ai fait une fausse couche après Julie, il y a eu des complications, je ne peux plus avoir d'enfants… De plus, à mon âge, il y aurait peu de risque !

- Oh, je suis désolé, miss, quel maladroit je suis.

- Ne t'inquiète pas, j'ai eu le temps de m'y faire, murmure-t-elle tristement.

- Rien ne t'aura été épargné, ma Célia.

- C'est comme ça. Et toi, quel âge as-tu, exactement ?

- Je suis vieux.

- Mais encore ? insiste-t-elle.

- Je vais avoir soixante ans cette année.

- Tu ne les fais vraiment pas.

- Ne crois-tu pas que je sois un peu âgé pour toi ? s'inquiète-t-il.

- L'âge ne compte pas, mon Pierrot.

- On a quand même douze ans d'écart…

- Je m'en fiche, mon Pierrot, je suis bien avec toi et c'est tout ce qui compte.

La sonnerie du portable de Pierre retentit, coupant court à la conversation. Il fait signe à Célia de ne pas parler.

- Allo ?

- Bonne année, Papa, c'est Lisa.

- Meilleurs vœux, ma puce. Comment vas-tu ?

- Bien. Tu passes cette après-midi, il y aura tout le monde ?

- D'accord, je serai chez toi vers quatorze heures.

- Ok, à tout à l'heure. Je t'embrasse.

- Bisous, papa.

Il raccroche.

- Je suis désolé, miss, je dois aller chez mes enfants cet après-midi.

- Je comprends…

- Tu sais, dans quelque temps, je leur dirai pour nous deux, mais là, c'est encore un peu tôt.

- Je sais, répond-elle tristement.

- Ne t'inquiète pas, ma chérie, je ne resterai pas longtemps et je viendrai vite te retrouver.

Pierre embrasse Célia avec passion. Il tient vraiment à elle et veut qu'elle le sache.

- Miss, je voulais te demander une faveur... Quelque chose qui me tient vraiment à cœur...

- Oui, dis-moi.

- Ça me ferait vraiment plaisir que pour cette nouvelle année, tu prennes la bonne résolution d'arrêter complètement de fumer de l'herbe. Je suis là maintenant, tu n'es plus seule, tu n'as plus besoin de ça.

- Je te promets d'essayer, mon chéri.

À treize heures quarante-cinq, il part voir ses enfants. Ses petits-enfants lui font la fête, il est ravi de les voir, mais au bout d'une heure, il s'ennuie déjà de Célia.

- Papa, lui fait remarquer Manon, tu as l'air absent.

- Non, je suis juste un peu fatigué, j'ai veillé tard hier et je commence à me faire vieux.

- Arrête, tu es fringant comme un jeune homme ! Toutes les femmes doivent te courir après ! dit Manon en riant.

- Ça ne va pas de dire des choses pareilles, s'indigne Jérémy, jamais Papa ne refera sa vie !

- Et pourquoi pas ? demande Pierre.

- Enfin, Papa, tu ne vas pas bien, tu ne vas pas remplacer Maman !

- Personne ne remplacera jamais ta mère dans mon cœur, mais j'espère bien refaire ma vie un jour. En partant comme elle l'a fait, votre mère a voulu que je sois libre.

- Tu as raison, lui dit Lisa.

- N'importe quoi ! hurle Jérémy, je t'interdis de remplacer Maman !

- Tu n'as rien à m'interdire. Je n'ai jamais trompé votre mère, et je ne pense pas avoir été un mauvais mari. J'ai été heureux pendant trente ans avec elle, mais elle n'est plus là et je supporte très mal la solitude.

- Papa, si tu amènes une autre femme à la maison de Saint-Paul, plus jamais je n'irai !

- Calme-toi, mon fils. Si un jour, j'ai la chance de refaire ma vie, tu préfèrerais que je vende la maison ?

- Mais tu délires, Papa, tu ne vas pas vendre la maison !

- Ben, il faudrait savoir…

- Maman est partie depuis moins de six mois, et toi, tu penses déjà à la remplacer !

- Je n'ai pas dit ça ! s'énerve Pierre, mais je suis un homme et si un jour je rencontre quelqu'un, pourquoi ne referais-je pas ma vie ?

- Parce que tu es veuf et vieux !

- Arrête, Jérémy, tu deviens grossier, le coupe Manon, Papa fait ce qu'il veut, il n'a de compte à rendre à personne.

- Merci pour ta considération, mon fils, et, oui, je commence à me faire âgé, alors je veux profiter de ce qu'il me reste à vivre. Et Manon a raison, ça ne te regarde pas.

- C'est n'importe quoi ! tranche Jérémy.

- Je m'en vais, j'en ai assez entendu. Salut tout le monde, répond Pierre en se levant. Et il part sans autre forme d'au revoir.

Quand le professeur arrive chez Célia, elle voit tout de suite qu'il est très énervé.

- Je suppose que tu t'es disputé avec ton fils...

- Oui, il est insupportable, ce gosse !

- Que t'a-t-il encore dit ?

Pierre lui rapporte la dispute de l'après-midi.

- Ton fils est très possessif, ça va être compliqué pour nous.

- Oui, mais il faudra bien qu'il s'y fasse. Je ne vais pas renoncer à toi pour lui faire plaisir. Viens, on va se balader un peu, ça me détendra et il est encore tôt.

Manon est en colère contre son frère.

- Ça ne va pas de parler comme ça à Papa !

- Mais te rends-tu compte que Maman est partie depuis cinq mois, et que lui, il a déjà des projets d'avenir !

- Il n'a pas de projet, il a juste dit qu'il espérait ne pas finir sa vie tout seul, ce n'est pas pareil.

- Jérémy, dit Lisa d'une voix douce, je pense que si maman a préféré partir, c'est aussi pour que Papa puisse vivre comme il en a envie.

- Vous dites n'importe quoi ! Jamais je ne le laisserai faire une chose pareille. Allez, nous aussi, on rentre, les réunions de famille, depuis que Maman n'est plus là, c'est n'importe quoi !

Sur ces mots, ils se séparent froidement, chacun campant sur ses positions.

Chapitre 7

L'hiver passe, laissant place au printemps. On peut apercevoir de çà et là des primevères, des arbres en fleurs et profiter à nouveau du chant des oiseaux. Pierre est allé voir régulièrement Jérémy, qui, la colère lui passant avec le temps, a repris une attitude normale vis-à-vis de son père.

Le professeur passe tout son temps libre chez Célia, mais garde secrète sa relation avec cette dernière. Il n'y a que leurs deux couples d'amis qui sont dans la confidence et désormais, quand ils sont invités, ils y vont toujours ensemble.

Le mois de mai arrive avec ses premières chaleurs. Pierre fait son potager chez Célia. Une douce routine s'est installée entre eux. Cette nouvelle vie de couple leur plait. Célia goute à cette harmonie à deux avec délice, enfin elle n'est plus seule. Elle a complètement cessé de fumer de la marijuana au grand bonheur de Pierre. Ils sont heureux, seule ombre à leur bonheur, devoir cacher leur amour. Célia ne demande rien, ne reproche rien et Pierre lui en est reconnaissant.
Un matin, son téléphone sonne.

- Allo ?

- Salut, c'est Jérémy. On peut se voir ?

- Bien sûr. Veux-tu que l'on déjeune ensemble à midi ou

préfères-tu passer à la maison, ce soir ?

- Je passerai chez toi après mon travail.

- Ok. Je t'embrasse, mon fils.

- Bisous, Papa.

Pierre raccroche.

- Jérémy veut me voir ce soir. J'irai à la maison en sortant du lycée, dit-il à Célia.

- D'accord. Tu me rejoins après ?

- Bien sûr. Allez, je vais travailler.

Il l'embrasse et s'en va.

Quand, en fin de journée, il arrive chez lui, Pierre ouvre toutes les fenêtres pour aérer ; il y a longtemps qu'il n'est pas venu. Son regard est attiré par une photo de Valérie, il murmure :

- Je suis heureux avec Célia, mais tu es toujours dans mon cœur…

Il se secoue. Son fils ne va pas tarder. Il sort les chaises et la table de jardin, s'assoit et allume une cigarette. Jérémy arrive, embrasse son père et s'installe à côté de lui.

- Alors, mon grand, quoi de neuf ?
- C'est à toi de me le dire. Voilà deux matins que je passe à la maison, très tôt, tout est fermé et il n'y a pas ta voiture.
- Oui, c'est vrai. Je vais t'expliquer. Tu sais que si Maman n'était pas partie, je me serais occupé d'elle jusqu'au bout. Je l'ai aimée comme personne et elle sera toujours dans mon cœur. Mais maintenant, j'ai quelqu'un dans ma vie.

- Ça ne fait pas un an que Maman nous a quittés, et toi tu l'as déjà remplacée ?

- J'aimerai toujours ta mère, Jérémy, mais elle n'est plus là... Je me sentais tellement seul...

- Comment peux-tu amener quelqu'un dans le lit que tu as partagé avec maman ?

- Elle ne vient jamais ici, c'est moi qui vais chez elle.

- Au moins ça ! Quelle conscience ! Et c'est bien ? Mieux qu'avec maman ? demande Jérémy d'un ton hargneux.

- Arrête, ne soit pas irrespectueux. Je ne veux pas me disputer avec toi, ta mère me l'a fait promettre la veille de son décès. Et tu sauras que je ne fais pas de comparaison entre elles-deux.

- Et peut-on savoir qui c'est ?

- C'est une amie qui m'a beaucoup aidé quand j'étais malheureux, nous nous sommes rapprochés…

- Je parie que c'est Célia !

- Oui, en effet, c'est elle…

- Comment pouvez-vous faire ça ? Toi avec la meilleure amie de maman ! Vous me dégoutez !

- Jérémy, ça suffit, Célia a toujours été présente pour moi !

- Oui, je sais, et même quand Maman était encore là, n'est-ce pas ?

- Si tu insinues que j'ai trompé ta mère, je ne vais pas me contrôler longtemps, alors arrête ça tout de suite !

- Je me rappelle très bien vous avoir vu tous les deux, très proche ! Pierre se lève.

- Je te jure, Jérémy, que je n'ai jamais été infidèle en trente ans de vie commune, et je te prierai de me croire !

- Je ne sais pas, Papa, si vraiment tu n'avais rien à te reprocher, pourquoi nous avoir caché que tu étais avec Célia ?

- Si je l'ai caché, c'est à cause de toi. Rappelle-toi comment tu as réagi le jour de l'an quand j'ai dit qu'un jour j'espérais refaire ma vie.

- Je vais m'en aller, Papa, sinon moi aussi, je vais avoir du mal à me contrôler. Je ne veux plus te voir, ni toi ni Célia. Tu salis la mémoire de Maman.

- Enfin, Jérémy, tu dis n'importe quoi ! J'ai adoré ta mère, mais elle n'est plus là, et la solitude, je ne la supporte pas. N'ai-je donc pas le droit d'être à nouveau heureux ?

- Tu as tes enfants, tes petits-enfants, les souvenirs avec Maman, ça devrait suffire à ton bonheur. Regarde-toi, tu es un vieil homme et tu fais comme si tu avais vingt ans.

- Si je n'avais pas promis à ta mère, tout vieil homme que je suis, je t'aurais cassé la figure. Va-t'en, Jérémy. Va-t'en !

Pierre, les yeux voilés de larmes, tourne les talons et entre dans la maison en claquant la porte. Ses mains tremblent quand il prend la photo de sa femme.

- Je me suis contrôlé, mais tu l'as trop gâté notre fils. Vois l'homme qu'il est devenu ! J'aurais pu le frapper.

Il retient ses larmes et appelle Manon.

- Allo ?

- Salut ma puce, c'est Papa.

- Salut, tu as une drôle de voix, ça ne va pas ?

- Non, je viens de me disputer avec Jérémy.

- Encore ! Que s'est-il passé ?

- J'ai quelqu'un dans ma vie, Manon.

- Je m'en doutais. Tu as l'air heureux ces derniers temps. Qui est-ce ?

- Célia.

- C'est bien, elle est gentille.

- Merci, ma puce. Dommage que Jérémy ne pense pas comme toi, il m'a dit des atrocités.

Et Pierre relate sa conversation avec son fils.

- Ne te rends pas malade, Papa, j'irai lui parler. Tu sais comme il est impulsif, ça lui passera.

- Je te jure que je n'ai jamais trompé ta mère. Comment peut-il penser une chose pareille !

- Je te crois. Allez, va retrouver Célia et passe quand tu veux à la maison avec elle. Sois heureux, tu l'as bien mérité.

- Merci, ma fille. Je t'embrasse.

- À bientôt, bisous.

Pierre décide d'appeler également sa fille ainée pour l'informer de sa relation avec Célia. Cette dernière, bien que surprise, ne désapprouve pas sa liaison. Il en est soulagé. Il a soudain besoin de retrouver Val. Il allume la chaine hifi qui n'a pas servi depuis sa disparition. Une valse envahit la pièce. Pierre ferme les yeux. Il peut presque voir sa femme tournoyer dans la pièce. Le couple a dansé sur cette musique lors des cinquante ans de Valérie. Cela fait presque deux ans, mais dans son cœur c'est hier. Elle portait cette belle robe blanche qui faisait ressortir son bronzage. Elle avait aussi dansé du disco avec ses amies et quiconque ne les connaissant pas, n'aurait pu imaginer qu'elles étaient, toutes quatre, grands-mères ! La nostalgie le gagne, il essuie quelques larmes, il a mal. Le manque de Valérie se fait cruellement sentir lorsqu'il se retrouve seul dans sa maison. Il soupire et se dit qu'il est temps de retrouver Célia. Il ferme la porte et retourne vers son nouvel amour.

*

- Mon Dieu, mon chéri, tu en fais une tête, que s'est-il passé ? lui demande cette dernière.

Pierre raconte de nouveau la dispute avec Jérémy.

- Je suis tellement désolée qu'il le prenne ainsi. Que vas-tu faire ?

- Rien. Il n'y a rien à faire. J'ai appelé les filles, Manon m'a invité à passer la voir avec toi.

- C'est gentil. Et Lisa, qu'a-t-elle dit ?

- Qu'elle était contente pour moi. J'en ai assez de Jérémy, que lui ai-je fait pour qu'il s'acharne sur moi ainsi ?

- Calme-toi. Ce n'est pas contre toi, tu sais comme il aimait sa mère.

- Est-ce une raison pour me parler comme il l'a fait ?

- Allez, viens manger, et essaie de te détendre.

Mais Pierre ne peut rien avaler tant il est contrarié.

Il sort fumer une cigarette. Célia n'ose pas le rejoindre et entreprend de débarrasser la table, puis elle va l'attendre patiemment sur le canapé.

Pierre ressent une grande fatigue. Sa dispute avec son fils l'a épuisé. Il a envie d'oublier les paroles de colère de Jérémy et décide de lui téléphoner pour faire la paix :

- Allo ?
- C'est Papa.
- Je ne veux plus te parler Papa. Comment as-tu pu remplacer Maman, votre couple était mon exemple, mais ce n'était qu'un leurre, tu ne l'aimais pas vraiment, sinon jamais tu ne te serais mis avec

Célia ! Ne m'appelle plus jamais, Papa, oublie-moi, comme tu as oublié Maman ! Adieu.

Et Jérémy raccroche. D'une main tremblante d'émotion, Pierre remet son téléphone dans sa poche. Il y a eu tant de haine dans la voix de son fils. Il entre dans la maison, appelle Célia qui se précipite vers lui en entendant sa voix angoissée.

- Chéri, tu es tout pâle, ça ne va pas ?

- Je ne me sens pas très bien, j'ai très mal à la tête…

- Viens t'allonger.

Elle le soutient jusqu'au canapé, l'aide à s'installer, puis va lui chercher un verre d'eau. Pierre rapporte à Célia son appel téléphonique.

- Il me déteste, conclut-il.

- Ne dis pas ça, ton fils n'a pas fait le deuil de sa mère, et il ne comprend pas que toi tu l'aies fait. Oublie tout ça, mon chéri, tu te fais du mal.

- Comment oublier, ma puce ?

- Donne-lui du temps, il reviendra vers toi quand il ira mieux. Allez, montons dormir, tu es épuisé.

Chapitre 8

Le lendemain, malgré sa migraine persistante, Pierre passe voir sa belle-fille.

- Bonjour, Laura.
- Bonjour, Pierre, entrez.

Elle lui offre un café et s'assoit en face de lui, sur le canapé.

- Jérémy m'a parlé de votre dispute d'hier. Je ne suis pas arrivée à lui faire entendre raison.
- Pourquoi est-il si dur avec moi ?
- C'est ce que je me suis toujours demandée, il était très proche de Valérie et il est très possessif.
- Et toi, que penses-tu de ma relation avec Célia ?

- Je suis contente pour vous. Vous avez droit au bonheur après tout ce que vous avez enduré.

- Merci, Laura, mais comment être heureux en étant fâché avec mon fils.

- Ça lui passera…

Ils sont interrompus par l'arrivée de Jérémy.

- Que fais-tu là ? hurle son fils, sors de chez moi, tout de suite !

- Jérémy, ça suffit ! Je suis aussi ici chez moi, et si j'ai envie de recevoir ton père, je le fais ! s'énerve sa femme.

Pierre se lève.

- Ne vous disputez pas à cause de moi, je m'en vais. Au revoir, Laura.

Et il part sans un regard pour son fils. La jeune femme bouillonne.

- Comment as-tu pu mettre ton père dehors ? Je ne te reconnais plus, Jérémy. Garde donc ton fils, moi, je sors, ajoute-t-elle en partant.

Jérémy se retrouve seul avec Sébastien. À cause de son père, il s'est disputé avec sa femme !

- Je ne le supporte plus, explose-t-il, tout en percevant une petite voix intérieure lui souffler que peut-être c'est à lui-même qu'il en veut.

Pierre rentre chez Célia. Il lui raconte ce qui s'était passé et ajoute :

- Je vais dormir chez moi ce soir, c'est mieux. De toute manière, je ne serai pas de bonne compagnie.

- Pierrot, lui dit-elle le plus calmement possible, ça fait des mois que tu passes toutes tes nuits ici, et aujourd'hui, parce que ton fils te fait des reproches, tu vas dormir chez toi ? Je suis qui, au juste, dans ta vie ?

- Ce n'est pas contre toi, Célia, mais j'ai besoin de me retrouver, tu peux comprendre ?

- Pas du tout. Mais tu sais, tu vas y rester une semaine chez toi, ainsi tu auras le temps de « te retrouver ». Et après, soit on habite vraiment ensemble, soit s'est fini. J'ai été patiente, mais là, c'est trop, alors réfléchis bien.

- Enfin, Célia, ne le prends pas comme ça ! Tu peux te mettre un peu à ma place, non ?

- Non, je ne peux pas. Mais toi, tu peux, cinq minutes, te mettre à la mienne ? Je ne suis pas ta maitresse, Pierrot. Alors, va-t'en, et ne reviens que si tu es sûr de vouloir vivre une vraie histoire avec moi !

Sur ces paroles, elle monte dans sa chambre. Pierre prend ses clés et s'en va. Il en a assez aujourd'hui : son fils, Célia, mais qu'ont-ils tous contre lui ?

Pierre passe une très mauvaise nuit. Il se lève de forte méchante humeur. Il ne décolère pas. Il passe une journée épouvantable au lycée. À la sortie, il croise Sylvain.
- Tu en as une tête ! Que t'arrive-t-il ?
- Tu as deux minutes pour un café, et je t'explique ?
- Oui, bien sûr.
Attablé à la terrasse du bistrot, Pierre raconte en détail la journée précédente à son ami.
- Je comprends que tu sois en colère contre ton fils, mais Célia a

raison. Soit vous êtes un couple et tu ne découches pas au moindre problème, soit vous êtes amants et alors c'est chacun chez soi. En agissant comme tu le fais, tu vas dans le sens de ton fils. Jérémy doit accepter ta relation, mais toi, il faut que tu saches ce que tu veux.

- Oui, tu as raison. Quel imbécile je suis. J'espère que Célia me pardonnera. Merci de m'avoir ouvert les yeux. Je cours lui acheter des fleurs et lui demander pardon.

Quand Pierre arrive avec un magnifique bouquet de roses rouges, Célia l'accueille avec un grand sourire.

- Pardonne-moi, ma chérie, je suis un idiot. Si tu veux encore de moi, je resterai toujours avec toi.

- Tu me le promets ?

- Oui, c'est promis.

Ils s'embrassent tendrement et Pierre sent que ses sentiments pour Célia sont de plus en plus forts. La vie lui offre de nouveau le bonheur et il compte bien ne pas le laisser passer.

Quand Célia annonce à sa fille, Julie, qu'elle vit avec Pierrot, celle-ci est enchantée.

- Il était bien temps que tu te trouves un homme, lui dit-elle en riant.

Le couple décide d'inviter tous leurs enfants, le dimanche suivant. Tous acceptent mis à part Jérémy, qui ne prend même pas la peine de répondre au message de son père. Lisa et Manon connaissent Julie depuis leur enfance et sont ravies de la revoir. Il fait un temps magnifique, le couple a prévu un buffet froid. Ils ont installé des tables sur la terrasse et la bonne humeur est au rendez-vous. Célia ressent un grand bonheur, enfin elle a une vraie famille ; un homme et plein d'enfants. La journée est une réussite même si l'absence de Jérémy est une ombre à ce bonheur.

Les jours passent et Pierre n'a toujours aucune nouvelle de son fils. Laura est passée le voir une fois avec Sébastien chez Célia. Elle lui a dit que Jérémy était toujours en colère contre lui, que Manon était passée pour essayer de le raisonner, mais que son mari était resté sur ses positions. Pierre en est triste, mais il respecte le silence de son fils, et espère qu'avec le temps les choses s'arrangent.

Quelque temps plus tard, Manon invite son père et Célia à déjeuner. Ils en sont au dessert quand la sonnerie retentit. La jeune femme va ouvrir. C'est Jérémy, avec sa femme et son bébé. Elle les fait entrer en espérant que son frère ne fera pas d'esclandre. Mais quand celui-ci voit son père avec Célia, il s'emporte immédiatement :

- Comment oses-tu les recevoir ? Et toi, Célia, n'as-tu pas honte de profiter de ce que ma mère n'est plus là pour prendre sa place ? Tu as détruit notre famille !

Cette dernière blêmit sous l'accusation. Pierre se lève d'un bond, empoigne son fils et lui crie :

- Ne t'avise plus à parler comme ça à Célia. Ta mère est morte, tu comprends, MORTE ! Célia ne prend la place de personne, tu m'entends ?

Il a à peine le temps de finir sa phrase que Jérémy, hors de lui, lui envoie un coup de poing à la figure. Pierre tombe en arrière, tandis que son fils s'en va en claquant la porte, laissant Laura et Sébastien. Le père se relève. Il murmure :

- Je n'ai plus de fils.

Laura et Célia ne savent plus quoi dire ni quoi faire.

- Je suis désolée, Papa, je ne l'aurais pas laissé entrer si j'avais su qu'il réagirait comme ça, s'excuse Manon

- Tu n'y es pour rien, ma fille. On va te laisser, je suis fatigué. Veux-tu que l'on te dépose, Laura ?

- Je la ramènerai avec Sébastien, Papa, ne t'inquiète pas. Tu ne veux pas que je te mette un peu d'arnica sur la joue ?

- Non, merci.

Le couple embrasse Manon, Laura et le bébé, et s'en va.

Dans la voiture, Pierre et Célia, encore sous le choc, restent silencieux. Arrivés chez eux, le professeur s'excuse :

- Je suis désolé, ma chérie, pour ce que mon fils t'a dit. N'y pense plus, ça n'en vaut pas la peine. Ne m'en veux pas, mais je vais m'allonger un moment, je suis fatigué. Je crois qu'aujourd'hui, j'ai pris dix ans.

Il pose un baiser sur les lèvres de sa bien-aimée et monte se reposer.

Célia reste silencieuse. Elle qui n'a jamais assisté à de telles scènes de violence, aurait aimé se blottir dans les bras de son Pierrot, mais elle comprend qu'il a besoin de rester seul.

Elle s'assied sur le canapé et sent les sanglots monter en elle. Soudain, l'envie de fumer de l'herbe s'impose. Depuis six mois, Célia a résisté. Ça n'a pas été tous les jours faciles, mais elle sut vaincre son addiction. Pierre l'a beaucoup aidée et à chaque fois que le manque était là, il lui proposait une balade, un ciné… Et finalement, elle y était arrivée.

Mais aujourd'hui, elle sait qu'elle va replonger. Trop d'émotions et cette sensation de solitude sont ingérables pour Célia. Elle ne se doute pas qu'à l'étage, Pierre, en larmes, repense à la scène qu'ils viennent de vivre. Comment en sont-ils arrivés là ? Jérémy a pourtant toujours été un enfant si doux. Il se remémore quand il lui avait appris à faire du vélo sans roulettes. Son fils devait avoir déjà six ans, mais il était tellement craintif qu'il n'avait jamais voulu se lancer. Pierre était seul avec lui, ce jour-là, Valérie travaillait, et il avait proposé à Jérémy de lui apprendre. Le petit était content, il y était arrivé très vite et quand Val était rentrée, il avait été fier de lui montrer comme son fils se débrouillait bien. Mais cette dernière avait seulement vu que Pierre avait oublié de mettre son casque à Jérémy, elle s'était mise en colère après son mari et n'avait plus parlé qu'à leur fils. Pierre s'était senti exclu et il était parti au potager, préférant fuir la dispute. Il y avait également la fois où il avait voulu construire une cabane pour leurs enfants. Pierre leur avait demandé s'ils voulaient la faire avec lui. Lisa avait répondu qu'elle viendrait faire la décoration quand tout serait fini et elle était retournée à ses livres. Manon et Jérémy avaient été très enthousiastes, mais une fois encore, Valérie avait refusé que son fils se joigne à eux. Il est trop petit, il va se blesser, va donc avec Manon, elle te sera plus utile, lui avait-elle répondu. Pierre s'était fâché, n'avait-elle donc aucune confiance en lui pour ne pas lui laisser son fils ? Elle l'avait donc laissé faire, mais le petit n'était pas resté longtemps, il avait rejoint sa mère qu'il sentait inquiète. Pierre avait fait la cabane avec Manon dont il était très proche. Et finalement, il avait abandonné l'idée de partager des choses avec son fils. Il n'aurait pas dû se résigner, mais une fois encore, il avait cédé à la facilité. Et aujourd'hui, tous ces liens qu'il n'avait pu tisser avaient fait que Jérémy l'avait frappé sans hésiter. Tu as fait de ton fils, un orphelin, Val, maintenant il n'existe plus pour moi ; il n'a plus ni père ni mère, murmure Pierre.

Célia sort sur la terrasse, allume un joint. N'ayant pas fumé depuis plusieurs mois, elle en ressent tout de suite les effets. Doucement, son corps se détend et elle cesse de trembler. Malgré cette sensation de bien-être, Célia sait qu'elle n'aurait pas dû recommencer. Pierre a été tellement fier qu'elle ne touche plus à la marijuana. Elle s'en veut, mais elle se sent si seule, si mal, et les propos de Jérémy ont été tellement violents.

Laura avoue à Manon, ne pas avoir envie de retourner chez elle ; elle ne reconnait plus son mari et veut le quitter.
- Ne t'inquiète pas, dors ici ce soir, Lola est chez son père jusqu'à demain, j'ai de la place. J'appellerai Papa pour lui demander s'il peut te laisser sa maison. Cependant, envoie

peut-être un SMS à Jérémy pour l'avertir que tu ne rentres pas.

- Oui, tu as raison. Elle écrit :

« Je ne rentrerai pas ce soir ni les autres soirs, d'ailleurs. Ton comportement vis-à-vis de ton père est inadmissible. Je ne veux pas que Sébastien grandisse dans la violence. »

Deux minutes après, son mari l'appelle. Laura ne veut pas décrocher si bien que c'est Manon qui s'en charge.

- Allo ?
- Manon ?
- Oui.
- Passe-moi Laura, s'il te plait.
- Elle ne veut pas te parler.
- S'il te plait, je te promets de rester calme.

Manon donne le téléphone à sa belle-sœur.

- Oui ?

- Écoute, Laura, j'aimerais que tu rentres.

- Non, Jérémy. Tu sais que je ne supporte pas la violence et l'injustice. Je ne reviendrai pas tant que tu ne te seras pas excusé auprès de Pierre et de Célia. Tu te rends compte que tu as frappé ton père ?

- Tu veux dire que si je ne le fais pas, tu ne reviendras jamais ?

- Exactement. Je t'ai aimé pour ta douceur, et l'homme que tu es devenu, je ne le reconnais pas. J'ai été patiente autant que j'ai pu, sachant combien la maladie, puis le décès de ta mère t'avaient meurtri, mais tu es de pire en pire, alors je préfère te quitter.

- Je t'aime, Laura.

- Ça ne suffit pas. Ne vois-tu donc pas que tu es le seul à réagir comme ça ? Réfléchis-y un peu. Au revoir, Jérémy.

Et, déterminée, elle raccroche.

Jérémy pose le téléphone. Il va se servir un verre de whisky, prend la photo de sa mère.

- Maman, qu'est-ce que j'ai fait ? Ma femme me quitte et j'ai frappé Papa. Maman, pourquoi es-tu partie ? Pourquoi m'as-tu laissé ? Je ne sais pas vivre sans toi, tu me manques tant... je fais n'importe quoi, j'avais encore tellement besoin de toi...

Et il se met à sangloter. Il vide la bouteille de whisky et s'endort sur le canapé.

Quand Pierre est un peu calmé, il rejoint Célia, il remarque tout de suite qu'elle a fumé. Il s'en veut de l'avoir laissée seule alors que Jérémy l'a agressée verbalement. Sensible comme elle est, elle n'a pas supporté.

- Tu as fumé de l'herbe, n'est-ce pas ?

- Oui…

- Tu avais arrêté…

- J'avais trop mal. Comment supporter ce que Jérémy m'a dit ?

- Je sais. Il a été vraiment méchant avec toi.

- Je ne l'aurais jamais cru si agressif.

- Je ne savais pas que tu avais encore de la marijuana, jette ce qu'il te reste, s'il te plait.

- Ça ne se jette pas ça, Pierrot …

- Si, Célia, sinon tu en fumeras dès que tu auras une grosse contrariété. Je te promets d'être toujours là quand ça n'ira pas. Viens me voir et dis-moi que tu as envie d'herbe, et je saurais faire ce qu'il faut pour t'aider.

Célia se dirige à contrecœur vers la cuisine, prend un petit pot à épices, et le lui tend. Pierre l'ouvre et verse le contenu dans la poubelle.

- Ça va aller, ma chérie, lui dit-il, et il la prend dans ses bras.

Son téléphone sonne, coupant court à leur étreinte.

- Allo ?
- Papa, c'est Manon. Laura a quitté Jérémy. J'ai pensé que peut-être tu pourrais lui laisser ta maison quelque temps, vu que tu habites chez Célia.

- Bien sûr. Dis-lui de passer prendre les clés ici quand elle voudra.

- Demain, nous irons récupérer les affaires de Sébastien et les siennes dès que Jérémy sera parti chez ses clients. Nous passerons après.

- D'accord. Célia sera là, elle ne travaille pas.

- Merci, Papa. Ça va, toi ?

- Oui. Ne t'inquiète pas. Je t'embrasse, ma fille.

- Bisous, Papa.

Pierre met Célia au courant des derniers événements.

- Elle a raison de ne pas rester avec un homme violent, lui dit-elle.

- Il n'y a qu'avec moi qu'il est violent et c'est depuis la maladie de Valérie, avant il était différent, il était si doux, si attentionné...répond-il tristement.

- Chéri, on n'irait pas voir Serge et Véro, ça nous changerait les idées ?

- Oui, mais avant, viens me faire un câlin. J'ai besoin de toi, tu sais, Célia.

Elle s'approche de lui, l'enlace et lui murmure :

- Merci d'être là pour moi.

- Je t'aime, ma chérie.

- Moi aussi, mon Pierrot.

- Allez, viens, allons voir nos amis…

Chapitre 9

Quand Jérémy se réveille, il a un mal de tête atroce. Il aperçoit la bouteille de whisky vide et les évènements de la veille lui reviennent en mémoire. Il va se faire un café, avale une aspirine, prend une douche, puis part au travail. Laura sera rentrée ce soir, elle veut juste me donner une leçon, pense-t-il.

La journée est longue, la migraine ne passe pas. Le jeune homme est impatient de rentrer. Arrivé chez lui, il voit que la chaise haute de Sébastien n'est plus là. Il se précipite dans sa chambre et celle de son fils, dans la salle de bain, et là, il sait que sa femme ne reviendra pas.

Il prend le téléphone et l'appelle. Elle ne décroche pas, il laisse un message.

- Ma chérie, j'ai vu que tu avais pris tes affaires et celles de Sébastien. Je t'en prie, ne me laisse pas. Je t'aime, dit-il en éclatant en sanglots.

Laura écoute le message de son mari. Elle a de la peine, mais ne veut pas céder. Elle s'installe dans la maison de Pierre.

Les jours s'écoulent paisiblement, la jeune femme apprécie le calme de la campagne. Elle emmène son fils faire de grandes promenades. Son beau-père passe régulièrement les voir avec Célia.

Jérémy n'a plus goût à rien sans sa femme et son fils, mais ne veut pas s'excuser auprès de son père. Une fin d'après-midi, il a la bonne surprise d'avoir la visite de Véro, sa marraine.

- Comme je suis content de te voir, je me sens tellement seul.

- Mon Jérémy, je suis venue te parler de ta mère.

- Assieds-toi, marraine et dis-moi. Et Véro lui raconte ce que Valérie lui a dit la dernière fois qu'elles s'étaient vues.

- Tu es sûre qu'elle a réellement dit ça ?

- Je n'inventerais pas une chose pareille, mon grand. Il faut que tu laisses ta mère reposer en paix, et que tu laisses vivre ton père et Célia tranquilles ; ils ont assez souffert comme ça, ils méritent d'être heureux. Tu dois aller voir Pierre et t'excuser, en espérant qu'il te pardonne. Valérie serait malheureuse de voir comme tu t'es comporté avec lui. Tu as quand même levé le poing sur ton père, ça te ressemble si peu, toi qui étais si doux...

- Je sais, marraine ...

- Tu me promets de réfléchir à tout ce que je t'ai dit ?

Jérémy acquiesce, puis ils parlent de choses et d'autres, et Véro prend congé.

Le jeune homme ne sait plus que penser, ses idées sont embrouillées. Il décide d'aller à la maison de ses parents pour retrouver les souvenirs de son enfance. Il gare sa voiture en contre-bas, ne voulant pas être vu, si son père y est. Il marche à grands pas et arrive rapidement à proximité de la propriété. Ce qu'il voit le bouleverse. Son fils rit aux éclats avec son papy. Une petite piscine gonflable est installée sur la terrasse. Sébastien a l'air ravi, il éclabousse son grand-père qui lui rend la pareille. Jérémy reste longtemps, sans bouger, à les observer. Il se revoit, enfant, jouant avec son père à s'arroser, sa mère s'en prenant à Pierre, « arrête, il va tomber malade » et ce dernier de répondre en riant, « Chérie, arrête de couver cet enfant, regarde comme il est heureux ».

Son père enveloppe Sébastien dans une serviette, lui fait plein de bisous et le donne à Laura. Cette dernière a une jolie petite robe d'été, Jérémy la trouve très belle et son manque d'elle se fait encore davantage ressentir. Il ne réfléchit pas plus longtemps, il rejoint les siens.

Célia est la première à le voir, elle est bouleversée quand elle voit la souffrance qu'il y a sur son visage. Oubliant les méchancetés que lui a dites le jeune homme, elle se précipite vers lui.

- Jérémy…

Elle le prend dans ses bras, le berçant comme un enfant tandis qu'il pleure sans pouvoir s'arrêter. Pierre et Laura n'osent approcher de cet homme au cœur d'enfant qui a perdu sa maman et de cette femme qui lui donne tout le réconfort d'une mère.

Jérémy répète comme une litanie :

- Pardon… Pardon...

Quand il est un peu calmé, Célia le guide auprès de son père. Pierre ne fait pas un geste, il attend.

- Je sais que ma conduite est inqualifiable, tu as été un père merveilleux et moi j'ai tout abimé. Je te demande pardon, Papa.

Mais Pierre ne répond toujours rien. Pas un mot, pas un geste.

Célia brise le silence.

- Chéri, tu as entendu ? Jérémy est venu s'excuser, dis quelque chose !

Mais, tout remonte à la surface pour Pierre ; le coup de poing, les accusations, les insultes, ce qui a été dit sur Célia, tout. Il met une gifle monumentale à son fils qui reste pétrifié et muet devant la violence du geste. Enfin, Pierre dit :

- Je te pardonne, viens m'embrasser.

Le fils se jette dans ses bras. Jérémy n'est plus à nouveau, qu'un enfant qui pleure, accroché à son père. Ce dernier l'apaise comme il peut :

- C'est fini, mon grand, ça va aller maintenant…

Le jeune homme finit par se calmer, il se tourne vers sa femme et son fils et les enlace :

- Mon amour, pardon pour le calvaire que je te fais vivre depuis un an. Reviens, je t'en prie. Je crois que ça y est, ce coup-ci j'ai grandi.

- Allez, oublions tout ça, dit Pierre, et prenons l'apéritif.

- Pour moi, Papa, ça sera un jus de fruits, j'ai beaucoup abusé d'alcool ces dernières semaines, et je pense qu'il est grand temps que je devienne raisonnable.

Le couple de grands-parents se dirige vers la cuisine pour chercher les boissons et laisser un peu d'intimité aux jeunes. Une fois à l'intérieur, Célia, encore sous le choc des derniers évènements, demande :

- Pierrot, pourquoi avoir giflé ton fils ?

- Cette gifle était méritée, j'avais besoin de ça pour lui pardonner. Dis-moi, Chérie, pourquoi ne pas proposer à Jérémy et Laura de leur laisser la maison ? Sébastien serait plus heureux qu'en appartement.

- C'est une bonne idée, ainsi je suis sûre de t'avoir tout le temps avec moi, répondit-elle en souriant.

- Tu es sotte, jamais je ne te quitterai. Merci d'avoir pardonné à Jérémy, tu es vraiment une personne généreuse.

Ils rejoignent les enfants sur la terrasse et leur font part de leur proposition pour la maison. Le couple accepte l'offre avec joie.

Impatient, et enfin apaisé, Jérémy propose d'emménager au plus vite.

*

Pierre retourne à sa maison le vendredi suivant après le travail pour trier ses affaires. Sa belle-fille est là en train de faire du ménage en vue de l'emménagement.

- Excuse-moi, Laura, de te demander ça, mais, ne veux-tu pas aller rendre visite à Célia, j'ai besoin d'être seul une dernière fois avec les souvenirs de ma femme.

- Oui, bien sûr.

La jeune femme prépare son bébé et s'en va.

Seul, assis sur le canapé, Pierre s'abandonne à remonter le fil du temps. La maison entière lui rappelle Val. Son regard se pose sur chaque bibelot, chaque photo, et tout le ramène douloureusement vers les merveilleux moments passés avec elle. Il se lève péniblement et va dans leur chambre. Là, ses yeux en font le tour comme pour tout bien mémoriser. Se décidant à réagir, il met les photos de leur couple dans un carton qu'il entrepose soigneusement au grenier avec les affaires de sa femme. Il garde quelques photos de Val avec les enfants et les petits enfants, afin de les mettre chez Célia. Il s'arrête dans l'ancienne chambre de Jérémy, s'assoit sur le lit. Il se rappelle ce jour où sa femme avait eu un trou de mémoire et avait fait la chambre de leur fils « avant qu'il ne rentre de l'école » lui avait-elle dit, alors qu'il était déjà marié et père.

- Mon Dieu, Val, comment n'ai-je pas compris que tu avais la maladie d'Alzheimer ? Pourtant Lisa, puis Laurence, lui avait posé la question ; mais comment imaginer un instant que ceux que l'on aime puissent en être atteints ?

Chaque souvenir lui amène des larmes. Pierre n'a rien oublié de toutes ces années passées. Il a été heureux avec Valérie, ils ont partagé tant de choses. Son cœur est lourd, mais il faut savoir tourner la page. Le bonheur doit continuer à être au rendez-vous dans cette maison. Les rires de Sébastien la rempliront à nouveau de joie. Valérie aurait été si heureuse de savoir Jérémy et sa petite famille dans leur maison. Elle avait été tellement fusionnelle avec son fils.

Pierre ferme la porte derrière lui et, le regard tourné vers son passé, il murmure :

- Adieu, mon Amour.

FIN

Un grand merci à

- Marie José Casassus, pour sa patience et sa grande gentillesse lors de la correction de mon roman,

- Cindy Gallin et Guillaume, mon fils, de QSC Communication, pour la première et quatrième de couverture

- Aux lecteurs qui m'ont réclamé la suite de *« Partir avant de vous oublier... »,* en espérant qu'elle comble leurs attentes.

L'auteur rappelle que ce roman est une fiction, toute ressemblance avec des personnes existantes, serait un pur hasard.